内蒙古大学文学与新闻传播学院
文学教育优秀作品选

雅韵新声

诗歌卷

主　编　魏永贵
副主编　张浩兰

暨南大学出版社
JINAN UNIVERSITY PRESS
中国·广州

图书在版编目（CIP）数据

雅韵新声：内蒙古大学文学与新闻传播学院文学教育优秀作品选. 诗歌卷/魏永贵主编；张浩兰副主编. —广州：暨南大学出版社，2021.12
ISBN 978－7－5668－3344－0

Ⅰ.①雅… Ⅱ.①魏…②张… Ⅲ.①诗集—中国—当代 Ⅳ.①I217.1

中国版本图书馆 CIP 数据核字（2021）第 277141 号

雅韵新声：内蒙古大学文学与新闻传播学院文学教育优秀作品选
诗歌卷
YAYUN XINSHENG：NEIMENGGU DAXUE WENXUE YU XINWEN CHUANBO XUEYUAN WENXUE JIAOYU YOUXIU ZUOPINXUAN SHIGEJUAN
主　编：魏永贵　副主编：张浩兰

……………………………………………………………………………

出 版 人：张晋升
策划编辑：潘雅琴
责任编辑：潘江曼　梁念慈
责任校对：周海燕　王燕丽　陈皓琳
责任印制：周一丹　郑玉婷

出版发行：暨南大学出版社（510630）
电　　话：总编室（8620）85221601
　　　　　营销部（8620）85225284　85228291　85228292　85226712
传　　真：（8620）85221583（办公室）　85223774（营销部）
网　　址：http：//www.jnupress.com
排　　版：广州良弓广告有限公司
印　　刷：深圳市新联美术印刷有限公司
开　　本：787mm×960mm　1/16
印　　张：15.5
字　　数：250 千
版　　次：2021 年 12 月第 1 版
印　　次：2021 年 12 月第 1 次
定　　价：59.80 元

文学教育是照亮人类精神世界的穹顶之光

“文变染乎世情，兴废系乎时序。”文脉与国脉相连，一个国家，一个民族，如果没有悠久璀璨的文学传统，其精神世界便会欠缺一种纯粹的钻石般的穹顶之光。

伟大的作家，是一个时代的前行者、探路者，也是一个时代的坚守者、清醒者。伟大的作品，是一个时代的路标和风帆，也是一个时代的烛光和星辰。优秀的文学作品也许不会让人陡然高尚，却会让人免于堕落。习近平总书记曾指出：“学诗可以情飞扬、志高昂、人灵秀。”大学应该处处闪烁文学艺术的光芒，用文学的甘露滋养年轻学子的灵魂，唤醒他们对于生命的认知，激励他们对于理想的不懈追求。而大学的文学院，能持之以恒地对学生进行文学教育，激发学生文学创作的热情，也是大学对社会、民族和国家应该承载的价值体现。

文学教育之路是一条漫长却必将收获希望的道路。在这个稍显浮躁的网络时代，文学所赖以依存的纸质媒体正遭遇前所未有的冲击，追求功利主义，将不能带来立竿见影效果的文学，置于被人冷落的沉默的角落。然而，如果不是身处边缘，怎能感受到《羚羊飞渡》的壮美？越是如此，文学以及作家越能彰显独立的精神品格和纯净的生命之光，而这些正是当代大学生应该习得的重要品质。

近年来，内蒙古大学文学与新闻传播学院在文学教育上取得了丰硕的成果。这不仅体现在涌现了以作家安宁等为代表的许多优秀教师，他们以写作见长，在全国文坛崭露头角，而且体现在以渡澜、苏热、张泽英等为代表的我院在读学生，他们如雨后春笋般，在全国各大文学期刊频发作品，并斩获重要文学奖项。更让人欣喜的是，在这些前辈师生的鼓舞下，我院已经形成了浓郁的文学创作和研究氛围。

文学教育是一项辛苦而缓慢的树人工程。教育的职能是唤醒，而文学教育则是唤醒学生心中原本就充满蓬勃生机的美与善，山川风物，触处生春，“目既往还，心亦吐纳；情往似赠，兴来如答”。作为教师，如何在课堂上第一时间捕捉到学生心中萌发的艺术之芽，并及时给予施肥、灌溉、培育，使其破土而出，向着天空奋力生长，既是对教师发现能力的考验，也是文学教育的第一反映。我院不仅依靠专业作家开设“基础写作”等课程，还根据各位老师的特长，开设了“古典诗词创作”“戏剧创作”“散文创作”等多门写作指导课程。以课程为桥梁和纽带，学生们有机会向老师展示他们尚未大放光彩的才华，老师们也有机缘挖掘学生中隐匿的文学天赋。当然，这只是写作之路的开始，我院成立创意写作中心，创办《原上草》杂志，各种文学社团风起云涌，又给予青年学子们更多将写作创意实现的机会。同时，老师们在教学之余潜心写作的热情，也激励着学生，让其明白如果想要成为一名优秀的作家，就得将自己化作一滴水，并以水滴石穿的精神，持之以恒地耕耘生活这一广阔热土。

文学教育是一份让人幸福的事业，老师们看到学生从文学青年成长为青年作家，就像看着自己的孩子从咿呀学语到娓娓而谈，从蹒跚学步到能像风一样自由地奔跑，心中满溢着兴奋与骄傲。我院承担内蒙古党委宣传部作家培养的任务，自 2009 年起，连续开设了十期作家班，成果斐然。多位作家班学员在毕业后，成为内蒙古自治区创作的骨干。作家班深厚的沃土，也给予了青年学生许多养分。文学教育不仅要靠老师亲力亲为，还要靠作家现身说法。老师在课堂上教的多是理论知识，而作家传递的则是实战技能。十几年来，我院先后邀请了莫言、毕淑敏、刘庆邦、肖亦农、路远、鲍尔吉·原野、艾平等作家，为作家班学员和我院学生传经送宝，并激励他们提笔写下属于自己的激昂人生，以及对生命深沉的认知。相信每一个沉浸在写作中的人，一定能感受到被燃烧的爱与激情，以及时刻充盈的快乐与满足。

文学教育要以文学的自身规律，对学生因势利导、因材施教。文学有其自身的特点和表现方式，所以必须以文学的内容对学生进行教育，以文学的手段将学生内心打开，以文学的姿态将学生引进诗意的殿堂，放飞他们天马行空的想象。作为文学教育者，感召胜于灌输，行动胜于语言。我们欣喜地看到，我院老中青三代教师，为学生们不断奉献出诗歌、散文、小说、戏剧方面的精品力作，还通过诗社、话剧社的视频、舞台演绎等异彩纷呈的形式，感召着一届又一届的青年学子。同时，老师们还无私地利用自身的资源，积极推荐学生在各个平台上发表作品，以至于形成备受外界关注的“内蒙古大学师生作家群”现象。作为内蒙古大学的青年学子，在这样融洽温暖的氛围中写作，何尝不是一种人生的幸运和幸福？

每个年轻的学子，必将在未来拥有不同的人生际遇。就像河流的归宿是波澜壮阔的海洋，海洋的尽头或许连接着另一条光芒闪烁的河流。文学教育虽然不能让学生们换得世俗的功名利禄，但必将给予他们滋养一生的启示：辽阔大海的那边，还有一条清澈闪亮的精神之河，就在那里，鲜花怒放，鸟鸣啁啾，大地辽阔，而我们的灵魂，则安放其上，诗意地栖居。

魏永贵

2021 年 11 月 18 日

雅韵新声

目录

师坛流韵

张浩兰

中秋节夜话五首

神话

万回哥哥万不回，九天玄女九重悲。
人间天上衷肠苦，明月共洒一轮辉。

灵话

秋风薤露秋野白，饮尽离恨忘川来。
依稀灯火依稀事，明月高照望乡台。

情话

熙来攘往偏遇逢，初心暗叩窗与门。
千寻滋味千千结，明月系缘作明灯。

仙话

放逐悲喜有无间，携风来去度劫缘。
孤鸿矫首归夜半，明月为染彩云烟！

人话

人事消磨天见怜，天许月圆人团圆。
天意人心应不负，明月来祝福寿年。

张浩兰，内蒙古大学文学与新闻传播学院教师。

格秋辞四首

秋风

秋风肆意挥权杖，侵凌浓夏绿篱墙。
回马笑横锋刃血，妄殒春闺梦里香。

秋雨

秋雨恨水不成冰，葱茏煞尽奔冬行。
连天暗下寒箭矢，红叶黄花却雍容。

秋霜

秋霜嗜染青青颜，韶华拂尽作暮年。
焉知万相自成格，怎掩三千色世间。

秋露

秋露无缘陌上尘，凄凄挥泪洒别情。
夜来泣断伤心路，休教魂梦觅芳踪。

题天鹅

日笼云翳月影浮，烟波锁我大鸿鹄。
长风正向洪荒起，旦暮决飞问天都。

相思解

为人莫相思，相思燃指灯。
劳劳照远路，不顾指连心。

为人莫相思，相思剪瞳仁。
满目山河在，不见草木生。

为人莫相思，相思诞幻听。
谁歌西洲曲，不信不是君。

为人莫相思，相思噤寒声。
向风千万遍，不敢道名称。

空

听风听雨送客忙，无处家园更彷徨。
自问归期自笑痴，丘垅黄土作行囊。

寄远

逆风折摇画兰衰，松枝苍翠探扶来。
斑竹曲尽梅箫远，红叶霜华对菊开。

飞花令寄语

一

塞上点起飞花令，一样梅兰竞芳声。
心池研墨泽古露，千秋月照风入松。

二

古诗古词叹古情，古歌古曲唱古人。
古色古香茗古味，古风古韵鉴古心。

潇湘怨

清音起唱潇湘曲，一声一叹越千年。
婉转哀思伤以痛，犹闻怨诉秋风前。
“沅有芷兮澧有兰，思公子兮未敢言！”
凉波水月离情苦，肠断楚竹泪痕残。

望乡

岁岁又重阳，落落心上霜。
秋山嫁红叶，西风是情郎。
回舞再三顾，此去在何方？
离枝泣空草，寒波啼水凉。
烟云送远路，唯寄明月光。
听说南归雁，昨夜到故乡。

浪花

风生水起响金锣，浪花旋卷弄清浊。
戏翻日月星辰脸，唱断离合悲喜歌。
涛飞雪涌沉吟啸，细沫轻澜话蹉跎。

也拍堤岸寻灯火，梦里家山问烟波。
便化游云信天走，还凝泪雨流作河。
有情世上同江海，无悔相依共漂泊。

春夜梦杨花化字作

春风缘何剪浓睡，梦里杨花作字飞？
青山原野皆书简，隶篆行楷舞雪回。
谁谓杨花浮萍泪，比拟红颜堕流水？
永夜挥毫道风流：已嫁春风不须媒！

清明

向生向死祭清明，纸灰浆饭付招魂。
冷酒零浇坟头土，春风乱起陌上尘。

秋梦

驾车独行去，深深更问秋。
携我春风侣，远行欲何求？
心并清霜苦，意从冷露愁。
百回顾来路，渺渺无尽头。
昨夜梦大树，临风立河洲。
劲节从云沐，风华叶正稠。
悲喜一时聚，泣诉不能休。
切切相勉慰，缘渊自可究。
红尘作演义，且吟逍遥游！

一剪梅·归省

怕问悠悠梦里家。寻处无端，念处无涯。无形岁月无情去，悲也过往，笑也年华。

瘦影寒枝抱雪发。心瓣莲青，焰蕊朱砂。无休风雨促归省，一世牵系，一场云霞。

春水辞·桃李湖

春水皱，树树桃李参差秀。松柏舒姿翠云前，柳丝凌波后。繁英为报春知遇，流丹蔻。喜探水横斜，盈盈语语花枝逗。

春水皱，滟滟心事谁猜透？疾雨惊风迫时节，绿肥伤红瘦。春君莫负冰心盼，当回首。忆燕去燕来，年年岁岁春如旧。

鹤冲天·传奇

离巢弱膀，欲冲云空上？山雨待尔来、迎风浪。峻骨寒中健，峭胆非从闯，胸怀付激荡。丹凤朝阳，百炼雍容收放。

寒来暑往，写生传奇模样。再四问初心，像不像？仿佛飞蓬怒马，邀明日，举首望。骊歌伤惆怅。敢寄长情？携去水横山嶂！

将进酒·缘聚三十年

三十载追风逐云豪情壮，南来北往寻梦乡！
三十载披星戴月欲何往？东奔西走意苍茫！
流水春秋弹指间，风霜冬夏黯红颜。
桃李春风挥别后，江湖夜雨忆当年。

将进酒，送君行，出东师，意纵横。
长亭古道骊歌起，天涯海角踏征程。

爱恨苦乐与生来，荣辱悲喜掉头空。
将进酒，恣畅饮，满举杯，庆相逢。

缘来缘聚缘自天，半百半狂半神仙。
呼兄呼弟呼姐妹，不醉不休不须还！

四海之内存知己，红尘不畏行路难。
且歌且舞今宵罢，相思相约复何年！

将进酒，为君寿，身长健，人长久。
峥嵘岁月情不老，万水千山看白头！

清平乐·新春大雪

春闺逢嫁？攘攘缤纷下。笃信寒流风作马，舞破婚纱迎罢。朝来烂漫明鲜，翩翩笑向人间：且看琼花怒放，何思不兆丰年？

鹊桥仙·七夕

雷达探看，环星揽照，银汉迢迢大路。嫦娥北斗时相邀，每召唤、长征来顾。

天河开放，人神自主，织女牛郎朝暮。两情若还久长时，结眷属、人间落户。

南乡子·呼和浩特大雾霾

吞我大青山，深锁黄河道道湾。边塞狼烟早湮灭，无言。何事昏霾虐尘寰？悲问古荒原，谁唱苍苍敕勒川？须祭千钧东海柱，呼天。风荡雷霆日月悬！

醉花阴·初雪后连日大雾

别过春风一整载，款款从天外。处处寂无声，物物枯眠，大野濛濛盖。

残秋暗散稍余爱，握雪盈盈脉。惹雾起茫茫，天地冥冥，长梦空空待。

虞美人·中秋夜思

月圆佳节思聚首，天地人同寿。彼岸相逢还一家？两处茫茫依稀共月华。

别去音讯无由问，风把相思送。春秋漫漫说归途，慈辉犹照故园东篱菊。

定风波·立秋次苏东坡韵

倦极无眠听雨声，雷惊尘寂乱心行。自古秋高征骏马，好怕！干戈流矢不伤生？

浓酒数杯求不醒，清冷。晨光映户却来迎。秋气送秋伤心处，休去。枫丹白露最无情。

风入松·问候

扫花卷叶风入松。霜落草尚青。一秋一季寻常事，一叶落，一寸惊心。谁解地偏心远？归问天上良人。

愁怀但怕长夜深。最苦两地人。一思一叹千回里，一掬泪，一影孤鸿。明月须来拂照，还教幽梦相通。

如梦令·望月

谁挂泪珠天上，唤作超级月亮。
欲道总牵肠，还被云河屏障。
无恙，无恙，共向长圆遥望。

鹊桥仙·冰雹

雷鸣电闪，冰雹胜雨。天庭因何大怒？莫非王母改成规，众灵鹊纷飞各处？

天官告假？仙差借故？牛女空嗟延误？星河推诿更无桥，作风浪封关津渡？

北中寒

烟缩手爪雾凝渣，云踩行脚风暴牙。
日晕一眶冰河泪，月黯明眸泣女娲。
晨放笛，暮吹笳，寒声嘶裂雪中沙。
夜语频托青鸟去，冻翅难飞到天涯。

西陆惆怅曲

嵇康炼狱，覆水难收。《广陵散》绝，谁识世忧？
峰山黯然，涧泉颓流。松风安在？峻骨何求？

楚河汉界，唯论鸿沟。指鹿为马，圈点由头。
哀哀春蚕，吐茧成囚。弑心作孽，遑论千秋？

昏灯似泣，冷月如钩。云向天际，风中回游。
谁携梅鹤？谁乘青牛？谁舞惊鸿？谁歌莫愁？

旦夕风雨，谁计绸缪？浩瀚江海，谁泛兰舟？
谁践烈土？谁起高楼？谁堪将相？谁谓王侯？

金兰曲

君赠金错刀，我报瑛琼瑶。欲谱金兰无由会，山高远兮水迢迢。

情羡王子乔，意慕弄玉箫。银汉横吹同心曲，结知音兮碧云霄。

自度曲·信念

高山险岭竞纵横，众壑阴晴奋有声。是处云雾，是处流泉，乱花迷眼闹东风。飞浓翠，秀紫红。痴人却寻遍，潇湘旧迹与芳踪。独求遇，命里销魂那一峰。

星移物换不改容，苦雨寒霜护初衷。峰顶如玉，岁华长青，松梅映雪自天成。立静穆，凌劲风。痴情更相问，眉间心上深不深。便只认，生死往依这一峰。

殇蝶曲

化茧双蝶信双飞，雨落失离彼。一在深野寻踪，一从林中觅。花开朵朵复丛丛，无心相与戏。

憔悴相思怕相知，情恨生两地。一怨歧路何多，一悲伤无力。秋风萧萧道秋凉，三生缘空拟。

放生曲·梅

击节呼雪听不见，浮尘疏影倦。又觉春风日日近，痴望红绿遍。徒根还信黄泉远，再向深渊，再向深渊，敢任坚心探冰岩。几番细雨，几回明月，妄发青青一万年。

流年轮换无情鞭，痛摧般般愿。堪料秋光群出猎，谁惜胭脂血？生息不畏自来寒，霜剑重关，霜剑重关，凭伐横枝暗香残。一江碧水，一声云雁，放生凉凉天外天！

西行歌·慈母百天祭作

西天远，西天近？
西天悠悠求渡人。
人间到得如来国，
须过迷障路几重？

西瑶池，西昆仑，
天马莫辞云水深。
东风轻扬过西极，
彼岸青鸾立霓虹！

西行歌，悲西行，
西望空碧心自空。
轮回莫越红尘界，
自在夕阳对晚晴。

故里长秋行

秋高马正肥，一路打马远人归！
长鞭照秋心，狠击三百回。
放出辗转长魂去，休作杜鹃啼血悲。
从此莫教丹心碎，寸寸化碧灰。
归故里！故里长秋暖，相逢不问谁。
看枝头离叶徘徊下，片片向根飞。

咏《式微》

万里横波一放舟，罡风楚激唱凉州。
归来日落河入海，冷月蒿草上西楼。

黄土谣

黄土浅，黄土深，黄土何处不埋人？似送还似迎，不问贤愚姓和名。层层掩，干干净。

黄土暖，黄土冷，黄土丘畔草色新！似弃还似亲，不分是非肉与灵。点点化，粒粒尘。

黄土软，黄土硬，黄土抟泥造作人！似劫还似幸，不求贵贱命及运。呱呱啼，相相生。

三五七言·天路

天何高？路何遥？
云台云烟处，空问空寂寥。
青霓昧日舒红袖，
凌空艳舞扮通桥。

天尽头，百花洲。
弦翻东风破，飞泪歌莫愁。
携将皓月星辉去，
长舟棹向大江流！

三五七言·归梦

凰高飞，凤高飞，
高山多歧路，秋桐霜满枝。

天栽玉树兰溪水，
明月夜追彩云归。

悲泪流，喜泪流，
归心隔山海，山海皆可休！
人间不绝关雎唱，
还信沙暖在河洲。

三五七言·磨难

风雨行，又兼程。
大树可在途？昊天几道虹？
怕见乱丝乱絮飞，
怎忍冷泪落纷纷。

祈西风，祝东风。
飒飒挺松柏，款款护春英。
亘古磨难证人心，
甘苦濡沫见真情。

三五七言·守望

残冬老，雪尚飘。
相聚相逢日，暮暮盼朝朝。
天涯比邻思情苦，
低回暗唤两心劳。

守恒志，望通桥。
消愁莫凭酒，断水莫信刀。

春野春君唱春曲，
载欣载奔看红桃。

杨柳歌

杨柳枝，杨柳枝，
春风漫发万万丝。
一丝一系一春念，
几回拂乱又依依。

杨柳青，杨柳青，
春水润酥缕缕心。
一缕一寄一春盼，
几多飞絮复盈盈。

杨柳风，杨柳风，
春晖唤开片片英。
一片一载一春语，
几番欲诉却匆匆。

如意长短歌

长路如针线，起伏缝思念。
长风如弓箭，飞空逐心愿。
长歌如泪眼，寻声在谁边？
长云如羽笔，满天作答卷。

思念裁作衣，风露莫相欺。
心愿铸为甲，安护莫披离。

唱断大堤曲，月影共潮汐。
看水东南去，望日西北移。

长秋长叹长调引，
短春短慨短歌行。
迷魂自颂安魂曲，
天不老时天有情！

庚子年元夕子夜歌

柳梢头，柳梢头，
月儿今夜携云走。
云里斜飞月儿泪，
柳梢柳梢空等候。

黄昏后，黄昏后，
人儿今夜结风游。
风中明灭人儿影，
黄昏黄昏只离愁。

待枝头结满相思豆，
月儿又上柳梢头。
待黄昏写满相思意，
人儿再约黄昏后。

待玉壶盈满红泪酒，
元夕年年灯如昼。
待冰心怒放红梅秀，
春风岁岁人依旧。

雁字歌

雁声长，雁南翔。
一年一返顾，雁洲在何方？
星辉明月杳杳送，断鸿影里断思肠。

西风凉，西风伤。
满川寒烟泣，满目萧瑟霜。
征蓬也怕流离远，一别辗转两苍茫。

生命吟

女娲千秋在，
万世人不空。
一颂夸父光明行，
一唱圣母送子恩！
尔来看，尔来听，
春水关雎沙洲鸣，
春野春花闹春风。
春雷惊沉眠，
春雨泽芳青，
春望春神好相逢！
春阳红照，生命竞吟。
四方但应天道成！
不寻世外桃花洞，
不问化蝶出红尘。
闻只闻——
呱呱落地啼，
一声又一声……

月递歌

芳春池上春水碧，
浓夏黄昏林鸟归。
清秋南雁西风下，
寒冬待雪一枝梅。
难为情，问月递，
如何包裹如何寄？

仿佛私语寻常里，
频梦音容两依稀。
凭谁牵念轻绝弃？
相思怎可忍别离？
难为情，问月递，
如何通达如何觅？

呼雪

雪花雪花骑风马，风马飘摇落谁家？谁家听雪幽梦里？谁家雪拥红梅花？今夜在谁家？

风马风马载雪花，雪花归途降我家。我家松鹰候雪醒，我家寒枝待雪发。明晨到我家！

苍茫歌·你

风一样的臂膀也握不住你
电一样的眼睛也看不见你
若不是灵犀的心听得见你
怎信得梦里种种是不是你

路一样的奔往也通不向你
月一样的殷切也照不出你
若不是一曲金兰还唱着你
怎寻得人间天上哪个是你

霜一样的利剑斩不断思你
露一样的冷泪抛不下念你
若不是秋光晚照教莫扰你
怎禁得天马流星去问问你

星月谣

昴星儿黯了
弯月儿哭了
无主的心儿风撕了

昴星儿隐了
弯月儿落了
张皇的心儿夜吞了

昴星儿照了
弯月儿亮了
昏沉的心儿有光了

昴星儿明了
弯月儿圆了
忧伤的心儿回家了

嘲雪辞

大雪时节下小雪，
大事且当小事解？
雪云浩浩欲摧城，
夜风荡荡妆四野。

抹几处小径人踪灭，
涂几树枯枝栖灵雀。
勾几笔远山岫雪图，
临一番塞北风光帖。
呀！
再不料冬阳虽淡察深浅，
晨起照里外分明斑驳见。
却原来纷纷作势了敷衍，
将天地恩德做偷工减料。
天也！
这结局怎教人心不信邪？
这迹象怎教情志不决绝？
这景观怎怪山海荒与诞？
这手笔怎怨庄周梦化蝶？

跑调春之歌

桃花、杏花开放了
风儿、沙儿跑来了
风沙儿妒摧花蕊儿泣
花心儿恋春神秘的笑

鸟儿在林梢筑了个巢
云儿在巢中歇了回脚
鸟儿的故事有谁听
云儿的心事谁知晓

青衫儿陌上骄年少
茜袖儿水畔斗春草
看万物追春露脸儿忙
听绿野仙歌唱跑了调

孩子王歌

孩子王，草冕冠，
神魔粉笔绕指环，
三尺方寸画江山。

画青青芳草到天边，
画蓝蓝大海载远帆，
画艳艳桃李满世间。

孩子王，草冕冠，
春蚕蜡炬付华年，
直奉杏坛当神坛。

孤独之歌

蓝光里徜徉的孤独
她是一方难分享的乐土
史前的文字，神庙碑的咒语

古岩壁上的画，锈蚀斑驳的器物
谁解密了她，谁就做了她的王她的主

孤独的世界好空
她用心跳敲击成鼓声
让叹息一声声弹拨独弦琴
云也在听，水也在听，长路在听
谁听懂了她，谁就可宰割她的身她的心

孤独的世界好大
天地是她一个人的家
四季的风倒是常过来看看
星光也会陪她说说天荒地老的话
谁在哪里？谁将辜负了她的真她的傻

却

尔在天涯
我在天涯
天涯奔向天涯
却——将路口跑岔

尔在牵挂
我在牵挂
牵挂握住牵挂
却——已舌僵喉哑

尔在图画

我在图画
图画融进图画
却——见夕阳西下

空

绿植围合的亭
独坐我一个人
天空、眼空、心空

秋阳斜照的亭
独坐我一个人
流云、大野、飞鸿

星辉浸沐的亭
独坐我一个人
秋风、秋月、秋虫

梦园割草谣

一二处流泉，三四座山包。
五六棵老树，七八垅新苗。
九成唯荒草，十分是辛劳。
游魂挽轻梦，闻歌止奔逃。

持金镰除去菟丝子，
持银镰割断荆棘条。
约一杯冷暖黄昏酒，
邀一轮明月上柳梢……

休说甚么山更高，
莫道甚么水更遥。
无心曲径凭开路，
随意通幽自搭桥……

心水漪澜自滔滔，
心絮斜飞自飘飘。
心花梦影一声叹，
心泪如雨作潇潇……

行者

风/吹空了故乡的脚印
沙/掩埋了村庄的行踪
夕阳/收留了无家可归的背影

云/弄丢了天堂的书信
月/迷惑了醉酒的灵魂
星辰/放逐了命中注定的伤心

灯/灼红了雨夜的眼睛
梦/听见了遥远的歌声
流浪/打包了随身携带的帐篷

致大雁

大雁
别再炫耀你的翅膀
说你能翻过高峰

说你能跃上层云
其实——你不能

大雁
别再自鸣你的心声
说你能放开喉咙
说你能直唤其名
其实——你不能

但物换星移你追着季风
但春去秋来你信着远征
但片云只影你向着寥廓
但滩涂草野你唱着光阴

沈意

独居小满长歌抒怀

我昔为学慕扬子，索居漠漠草太玄。
又爱浔阳陶征士，荷锄怀道入桃源。
不觉镜里朱颜改，日居月诸年复年。
忽忆孤直鲍参军，况我兼得愚与顽。
画栋雕梁势欲飞，长安大道入青天。
食前方丈钟鼓动，金堂玉阶鸣佩环。
高车驷马名五花，绮罗耀日称齐纨。
高座指点纵横议，素餐尸位鹦鹉言。
此辈何尝得小歇，利锁名缰乃雄关。
我亦心中常交战，中夜难寐伤肺肝。
又如车轮转，复置冰与炭。
回思夫子厄陈蔡，穷达不由人由天。
无与利禄求三乐，有关本体养四端。
世无纷华色色空，心有素志事事安。
对月临风发浩叹，圣人之道终焕然。

悲歌

锦朋食府伤心地，每每过之心黯然。
为生四纪遭此厄，咎由自取又何怨。
代言书中取黄金，古贤曾讥谋稻粱。
胜者为王败者寇，夫复何言唯一泫。
辗转反思意难平，孰能碌碌无短长。

沈意，内蒙古大学文学与新闻传播学院教师。

我性虽非生知者，亦尝七岁咏凤凰。
谁料十五慕闾巷，二十纵饮卧歌楼。
虽云三十习坟典，终得四十空嗟伤。
十年歧路厌风雨，万言化作一杯酒。
昔愿一日成鲲鹏，今成斥鷃逍遥游。
莫道难封缘数奇，须信遭弃因顽鄙。
贤愚善恶归蒿里，执螯举白勿愤激。

拟陶诗

读书求饱暖，耻对古圣贤。
欲利倚市门，逐名随雕鞍。
我则异于是，心自有所欢。
奇书三五卷，时蔬一两盘。
北窗凉风至，杯中浊酒满。
宇宙一何悠，人生一何短。
幸得知不辱，闲居乐且安。

小满临别留赠四兄少府李君景程

喀旗李氏子，生小出清门。
立志高且远，质性烈兼稳。
弱冠入州府，遍读旧典坟。
学优趋入仕，得名以能文。
能文岂足夸，才调更绝伦。
去去三十载，宦海有浮沉。
质本囊中锥，终竟得所任。
我生虽愚鲁，亦是性情人。
促膝同问学，饭饮曾共盆。

一别逾两纪，缘天旧谊温。
欢愉日自浅，倏矣友于分。
情长奈纸短，万言置不论。
唯愿浮生里，时时相存问。

三忆

十月参加学校足球比赛，大败，忆旧时无敌状，多用前人成句以作。

忆昔驰突过箭疾，仰接飞猱俯马蹄。
而今气喘如牛吼，道行靡靡似牵犁。
眼见心计徒尔尔，臂挥足踏空唧唧。
廉颇七十不服老，我虽不惑已三矢。
再忆夜饮人不寐，华灯巨烛碍月明。
前宴方罢意未尽，后席方启兴犹浓。
履舄狼戾钗横斜，芗泽大熏罗解襟。
日日花间常病酒，前宴后席无穷已。
可怜幽并游侠儿，一朝床前白头翁。
始知百年即须臾，消息暗转亏与盈。
天地为炉我为铜，阴阳火兮造化工。
前人后人皆称昔，他生此生俱是空。
复忆樊笼三十年，托身食志不食功。
胁肩谄笑比夏畦，富贵能淫贫贱移。
自唯深愧诸夫子，欲退茫茫谁赐金。
冰塞黄河雪满山，拔剑击柱杯箸停。
尚有素志不得骋，征士夜夜不能静。
已焉哉，休重提。
物数号万，亦是一齐。
表里山河岂有害，安时处顺不须疑。

孟贲乌获徒有力，不如善养浩然气。

西域歌送郝七兄之任新疆

平居三十载，意气渐消磨。
诗酒欢愉少，生计忧患多。
忽闻君有凿空旅，虽坐枯斋神已驰。
直上昆仑对王母，君且为我一饮之。
道里遥遥不足畏，流沙赤水堪容与。
更有繁弦促节龟兹乐，婆娑婀娜楼兰女。
胡旋舞罢闻娇喘，芳泽暗度心相许。
五月八月天上雪，千里万里云间月。
雪似梨花月如霜，引领东望思旧乡。
擎此于阗夜光杯，满饮疏勒葡萄酒。
交河烽火久不举，轮台戍卒尚呜啾。
贰师两出求汗血，博望再使成美名。
丈夫生世何所营，壮游安边铸豪性。
今君慨然得所愿，于我徒有羡鱼情。
罢饮道旁酒，阳关已三叠。
仆夫屡催促，挥手从此别。
千头万绪且勿论，唯有一事奈伤怀：
天山南北无烧麦！唉，唉，唉！

夏日遣怀赠薛翻

少时唯慕雕虫技，不知根底在经史。
春花夏殒叶秋萎，根抓瘠壤干傲霜。
南辕北辙力愈远，缘木求鱼徒奔忙。
蜻蜓点水轻薄子，走马观花游洛阳。

中岁跋涉谋稻粱，瞻前顾后忧患始。
秋风易悲思旧乡，夜雨难欢怨新知。
八斗高才居下位，七尺长身人不识。
更有古来迁逝悲，潏荡方寸不能已。
心黯方读五行传，头白始诵三家诗。
真谛万千道独大，恒言一二理至细。
古人历历皆在目，所言字字俱珠玑。
终悟千年争蜗角，波涛虽远今犹昔。

四月七日满洲里大风，为赋

淹居极北苦寒地，孟夏行至草尚枯。
昼间瑟缩阳已微，日夕彤云锁天幕。
夜来大块忽噫气，万穴齐号钱潮怒。
披衣独坐心骇然，凝思屏息对孤烛。
初似千军衔枚走，复如万马踏地突。
摧牖拔檐神擂鼓，啾呜其间怨鬼哭。
唯觉世间无余物，耿耿不寐心恍惚。
晨起出门诸色惨，阳侯申恨犹未足。
逆之不能前，顺之不得住。
寒芒骨髓入，精魄灵窍出。
天地欲翻覆，轻躯岂可顾。
唯得一缕游丝在，牵系微息且吸呼。

嗟哉！人虽与天地并立称三才，对此恶风如尘埃。
东西飘荡岂由己，蜉蝣命运难自裁。
战兢百年终梦寐，暂得安闲且衔杯。

曲肱子歌

曲肱子，短而腴，面目平平颇有须。
生性鲁且愚，处事待人促促常效辕下驹。
少时喜蹴鞠，人云拔足踢死牛。
老大善饮酒，自诩挥觞闷倒驴。
香烟不离手，鄙言时出口。
众人皆掩袖，我亦不知羞。
身逢平世无战斗，忝赖薄产鼓腹游。
父慈母爱奈不肖，妻贤子顺复何求。
佯狂过市羡接舆，胁肩谄笑愧许由。
摩顶放踵溉桃李，唯愿私心无自尤。
功名富贵非我仇，恬淡潇洒冀兼收。
更生世上一丈夫，何时暂忘三不朽。

李
旺

头发

随处可见
都是秘密的居所
墙根、床下、茶几与餐桌的角落
热闹的阴影中过活
恣肆、扭曲、随遇而安
纸、布
都是无济于事的
包括手指
它们曾经应该有手足之情
顽固得让你陌生
这是自己的一部分
同着呼吸
碾为齑粉
冲走冲走冲走冲走
却还魂般缠绕在下水道关口

不知道什么时候和为什么脱落的
看到时已经是异己

讲师与他的当代文学史

他试图做一次整形手术
认为剪刀锋利针脚绵密

李旺，内蒙古大学文学与新闻传播学院教师。

用了全麻
当代的内脏涌露
风化如石头
新鲜如血液
切割的力度惊动隐伏在体内的乱箭
他大面积呕吐
以愤怒的动词
以无边的形容词
以疲惫的感叹词
以芳香的名词
叙述的语法在学生的眼睛触礁
历史的溃疡蔓延
燃烧多年生草本植物
还有扔弃在草中的旧衣服
不溶解的塑料袋
手术成为抒情的同谋
嘴唇衰败
连同奋力打捞起的涂满防腐剂的水草
透析后
被晾晒在冰冻的岸边

兄弟，你再来时

十九岁浓妆二十岁艳抹
二十二岁的肺一尘不染
只吞吐荷尔蒙的狼烟
并对一件男人的铠甲无偿献血

连影子的角度都是英雄回首
那骄傲的舌头
提及的不仅有一株水土不服的杜鹃
还有醉后月光追杀温柔

是的兄弟
请不要握手言和
请交出背影
与时间干杯
那是你丢失的马匹
在荞麦青青的四月流浪

兄弟，请与我八拜之交
把风沙举过头顶
让迁徙的帐
宿营在眉心

兄弟，请赠我一只哀鸿
用悔恨的粮食喂养
让那些因兴奋与痛苦焕发的羽毛
插在秩序井然的窗口

可是，兄弟，你再来时
那些旧建筑
已经空成一口又一口深坟一样的东西

无论是颗粒饱满的枝头
还是泪水充盈的歉收

都被动荡的秋天无情地收割
然后
又紧紧收留

那个卖瓜子的女知青

她收起她的北京口音
就像白露节气之后的鸟类
在凌晨抖落宿夜的薄霜
然后再用一缕呵气
暖了暖啄食了夜色的喙

她使用河套地区滞重的鼻音
痛快饮酒和大声哭泣
小心翼翼疼爱入乡随俗的儿女
夜里儿女们贴切的呼吸
让她自己像一棵灯芯草
摸到火光的绒毛

她是在葵花金黄的
重量让八月的天像一杆准星不稳的秤
摇摇晃晃的时候
被队里赶着胶车接回来的
很多年过去了
她推着车子叫卖瓜子
掬着脸等人们
吐出一批又一批的瓜子皮

在公交车上歌唱的女知青

她在用力歌唱
因为那伸着的脖子
像是从身体里把自己拔出来的
一只独臂
那挥舞着的胳膊
倒像条无关紧要的绳索

我看到的时候
她正唱一段西皮流水
我家的表叔数不清
每一次站停
她都谢一次幕
深深鞠躬
她弯着的腰像是要舔着自己的脚
然后重新开始歌唱

她剧烈地甩头
像铭记一种刻骨的仇恨一样
车厢的拉手砸到她的脸时
她歉意地顿一顿

有时候，遇到她忘我地坐在座位上
她侧身盯着窗外的背影
像她的一件遗物一样
寂静

以忆旧的方式提到南京

目睹身体内词语的旧物
草长莺飞
以律诗、绝句的温度
迅速发酵

口音以矜持的方式
隐瞒起一种潮湿的疫情
江面上的帆影
正成群结队抄袭一句宋词的意境

T284 的轰鸣
把江南的 9 点 20 分硌得生疼
过蚌埠
油菜花正在迎娶三月

鸡鸣寺的午后很深
午睡很薄
鸡鸣寺的植物园里
是否遍布南唐衰草的后裔?

李四光故居辟出的旅馆后窗
正对着从六朝出土的落日
以及
落日前
一竿公元 2000 年后

四世同堂人家的背心、袜子
与风中摇摆的白布裤头

从“中央研究院”旧址经过
看到第一场落英缤纷
在傍晚时分
正落入初春的深渊

快餐店夜色

僵硬的夜色煮沸
搅动面汤流水线的常温
流光的玻璃上
蒲公英形状的哈气
暂时隔离了寒风乍起
你我是温柔的行脚僧
在疲倦的这一刻
我看到嘹亮的黄金
卸下铠甲从街口涌来
暮色多么像一位老之将至的逃兵
洗洗手坐下来吧
亲爱的与酸痛的眼睛
就着火烤烤陌生的手
怀着酒醉的心情看看
一起被城市夜晚滞留的人
然后，该走了

凝固的流水之一

构成诱惑的
是饮鸩的那只鸩
还是止渴的那副渴
是兔死的那只兔
还是狐悲的那尾狐
是杯弓的那具弓
还是蛇影的那条影
又到底是白纸的欲火焚身，还是黑字的守身如玉
又到底是笔走龙蛇的留白，闪转腾挪
还是盲人摸象的意会，蹑足潜踪

在蜻蜓点水的水波与水波不兴的水波之间
在草蛇灰线的灰线与伏脉千里的脉络之间
在字字珠玑的字字与字字血泪的字字之间
的生吞、活剥之间
可否一窥疯癫仓颉的心细如发与
如醉如痴

这是沉迷于本体对喻体的反向打捞吗
义务教育普及的作文造句之法
足以使我学习一只写实的蚂蚁，接近恐惧

我希望我的到访还将有一只童年的猫头鹰展翅臭臭
在北方与明月的孪生夜
丰收如一滴霜降淋漓尽致

古老田鼠胡须抖动、新鲜种子尽收眼底，
它为之欢歌
它为胼手胝足祭祀
它振振有词的喉结
填充了我四下无人的肺

如今，这失去了食物链灵感的凶神恶煞
隐藏于舌头
圆形的头颅已经无欲无求

写下这些的时候
与我想读禁书的手足无措已经相去甚远
这词不达意的尴尬
可能唯有望梅止渴的口舌生津庶几近之

我很沉浸夜色全黑时逛逛超市

伪装成超市的水果蔬菜店排除在外
它们过于务实，不能满足我充盈的幻觉

最少要有上下两层
如果是在地下更好，更能表明与世隔绝的决心
电梯要像潜水艇
自由通往物质主义的核心

各类货架之间不能采用现实主义的密不透风
也不要用琳琅满目这样过于直白简陋的细节形容
它会败坏消费主义的真诚

播放的歌曲需要最世俗的认真
最好是循环关于爱而不得的爱情

灯光的皎洁要如素食者一样沸腾
同时又遵循古典主义的克制精神

我很喜欢经过一排排开放式冷柜
吸引我的是那种开诚布公的夏虫语冰

明码标价的土豆白菜对农业的怀乡病
锅碗瓢盆对柴米油盐纤尘不染的抒情
我都想照单全收

每次结账的都是些模棱两可的东西
细细想来倒也符合我犹豫不决的本性
对触手可及的耽溺
正与对空手而归的剥离等同

阿潘见闻录

南京大学文学院网站上，潘志强老师一栏有这样的文字：文学博士、副教授。这些在他眼里轻如鸿毛，我们的阿潘何曾为五斗米折过腰。潘老师的学问与胸襟，绝不是什么头衔可以概括的。

潘老师成为一个传奇，可见我们的生活过于务实。潘老师今年退休了。谨记一些吉光片羽。

一

网上流传为阿潘所写的散文
关于天井里黑压压的泡桐

他说，这是受苦人的花
我笃信这就是阿潘
因为我看到这判断里的一针见血的针与一针见血的血

二

博士同学要带我去见潘老师
我不敢去
怕，怕见到潘老师
我的贫瘠像一个一个小针孔，四处漏风

三

听过有潘老师在的一次硕士论文答辩
题目是“关于南下香港文人”
潘老师掏出一张一张小纸条
刊名、年月，一一指出注释的错误
就像一位秋收后的老农
检查豆子上的虫眼

四

毕业后，才鼓起勇气跟着师弟仰操见到了潘老师
我分明知道潘老师吃了早点，塑料袋常常不扔，攥在手里
我还是伸出手来要与潘老师握手
我的热情是多么高深

五

在鼓楼校区西门遇到了几个问路的女生
指路后她们还是不懂
潘老师就护送着她们走到中美合作中心
我和仰操站着，看着潘老师走去
就像站在一条河的上游感到了下游的水温

六

听仰操说
他常和阿潘沿着南京城墙散步
不知不觉就会走一个晚上
我好像看到金陵两个移动的梦境

李东宾

观叶嘉莹先生纪录片《掬水月在手》感赋

蹈舞飞天破壁寻，渺茫仙曲寄知音。
迦陵妙谛谁听取，千古来传寂寞心。

轮转莲生未染尘，早经磨难作词人。
帝京风物悲遗迹，秋蝶寒蝉寄此身。

飘零域外转孤篷，故国江山入梦中。
赏尽他乡四时景，总教愁极铸辞工。

小词遗韵费思萦，要眇幽微赖发萌。
学脉从来绎人迹，始知弱德注平生。

笑语银屏隔却无，温馨旧影串珍珠。
重回绛帐环围坐，壁绘班昭织锦图。

沧海遗音有梦思，尧天只待凤来仪。
长留雪上鸿踪迹，不负先生一世痴。

中秋涂鸦十六韵

中秋值佳节，良夜景清嘉。
天宇澄如洗，冰鉴少云遮。
中庭闲独立，圆月露瑶华。

李东宾，内蒙古大学文学与新闻传播学院教师。

望久姮娥舞，皎然飘桂花。
朦胧罥树杪，疏朗倚檐牙。
徘徊绕幽径，柳色漏梳爬。
照我芳丛过，草木衰可嗟。
逦迤东河岸，粼波荡蒹葭。
重楼曲栏眺，灯火耀千家。
畅然欢聚会，兴味亦堪夸。
可怜云游子，逸乐泛仙槎。
散落在何处，谁与共天涯？
杯停聊对月，别样泪横斜。
他乡道珍重，长念感交加。
单衣沾白露，风寒透薄纱。
长歌归影乱，惊散月栖鸦。

无题

误觅桃源误见梅，止今愁绪雨中来。
蓬瀛无路通仙语，海雾逢潮期雁回。
月冷危楼唯寂寞，霜欺寒径尚徘徊。
裁缝春梦知何益，枫落幽阶掩碧苔。

咏梅

春情难禁惹幽思，故苑闲寻花发时。
漫卷锦云迷剡雪，空含晓露泣湘枝。
经愁魂冷凋无信，染恨香寒梦有知。
为唤芳馨伤瘦影，怜君何事赏人迟。

绝句三首次叶嘉莹师韵

一

雅舍开坛慰久逢，始怜先圣梦周公。
笑谈诲我多期许，长使童蒙仰古风。

二

静安遗意赖吾师，合璧东西妙始知。
阐释沉篇多切理，顿开风气仰人思。

三

娇凰浴火几人经，陶写胸襟见性灵。
独造楚骚深化境，长吟远慕仰高名。

鹧鸪天·寄远人

欲减单衣惯旧游，东风天际唤凝眸。梦乡语款蓬山近，隔路花馨信燕留。
春渐绿，恨难休。山长水远隐深愁。遥知素月分千里，应伴伊人独倚楼。

减字木兰花联章四首

一

南楼初见，紫雾晴光波似幻。漫理冰弦，荡漾琴心恨已传。
夜凉如水，泪墨相思谁与寄？伫久阳台，望断伊人月影来。

二

幽窗罗蔓，垂下帘栊莺语软。柳外春长，双燕衔香栖画梁。
鬓云轻敛，裁雪酥胸羞半掩。梦里襄王，断尽平生九曲肠。

三

留人不住，云暗花残春去路。了悟尘缘，雾里轻纱草上烟。

画眉新样，唤我灯前倾意赏。短梦频惊，雨外疏钟隐隐听。

四

旧楼重上，千里春光伤远望。欲托孤鸿，海上仙山访汝踪。
病怀萧索，白发难禁深浅酌。已过十年，一样心情断续延。

蝶恋花叠韵四首

一

逆旅光阴知几许，草色天涯，目断迷蒙处。聊赖清明飘柳絮，万千心事凭谁附。

花下独寻春去路，点点妆痕，洒落终难舞。零乱愁丝兼鬓缕，斜阳影里长凝伫。

二

辜负归期能几许，强整单衣，俊赏知何处？风卷桃花如雪絮，一枝零落飞鸿附。

长记楼前西畔路，杨柳依依，尽作婆娑舞。摇落离愁千万缕，怜伊念远销魂伫。

三

满眼春光空自许，庄蝶翩飞，人醉花深处。大漠孤魂飘断絮，一行清泪瑶筝附。

千劫心期频失路，题壁茫然，弹铗中宵舞。白发羞簪愁万缕，临流吊影风中伫。

四

洛水情深空暗许，憔悴天涯，花谢归何处？细雨无端粘落絮，鸿飞万里相思附。

春去应经窗外路，魂梦追随，可遇帘中舞？斩断尘缘留一缕，来生苦海凭相伫。

齐天乐·秋意

故园偏早凄凉意，重来寂寥无绪。
暗绿深红，败荷枯柳，依旧曾经芳圃。
繁华在否？又苇老寒塘，草衰荒渚。
怕听莺啼，叶辞明日蔽何处？
惊飙憔悴拂掠，发飘堆鬓乱，愁思如许。
疏杪清癯，霜空肃远，遥送哀鸿南去。
单衣黯伫。叹长沐凋零，怅怀谁抚？
映闪斜晖，冷枫犹醉舞。

金缕曲·清明祭母感怀

遗像长瞻顾。甚苍苍，慈容拂拭，笑颜如故。两载匆匆阴阳隔，剩此人间抔土。道不尽，清明凄楚。樽酒心香来奠祭，问萱堂，天国安康否？身未拜，泪如雨。

陵园遍植怀思树。倚春风，悲音似诉，平生辛苦。残梦三更频惊起，重觅空中絮语。可能再，茕孤谁护？千劫红尘浑无味，早来归，彩服娱寒暑。魂远逝，纸灰舞。

水龙吟·岭南深秋赋枫红

岭南来惜香红，冷枫凋尽深殷圃。衰鬓催染，落英行遍，凄然相伫。艳骨经霜，柔姿过雨，佳人谁护。怕盈盈仙子，再寻无迹，相思字，随波去。

折得枝头一缕，倩芳魂、迷蒙诗句。人间万感，韶华一瞬，春朝秋暮。逝水因缘，转蓬身世，只如初遇。待风中唤起，真妃旧梦，作霓裳舞。

鄢冬

初雪

一种飞翔的方式
是从眼底升起的热泪
蒸腾然后分解
白色就是我的蝶衣

放弃吧
成就了什么
又挚爱了什么
这是个晶莹剔透的谜

感染
我可以做的唯一选择
这个舞台好空旷
孩子的脸和凝固的眼
人间
让我落在你们心上

任性
每一处毛孔啜饮我
从远古开始点化
你们看不到我的坚强
融化自己也要融化世界
我就是那片雪

鄢冬，内蒙古大学文学与新闻传播学院教师。

给毕业生

毕业是一次盛大的出逃
学士服、硕士服、博士服都是制服，以及被制服
青春万岁并不能说明青春很长或是很短
就像你的世界不能形容为很大或是很小

我在一个制高点俯视你们
一群多彩的鱼正寻找口粮
笑容编织成的有力尾巴
把明天甩上了阳光底下

我在另一个深渊仰望你们
一团不同味道的空气正四处挤压
书包上最后装一次纯净的氧
或者氢气，让它自爆

再见时据说是文学场景
相顾无言
但可能更接近物理现场
即时间的力
把我们切去了二分之一

给成都（组诗）

一个温柔的酒窝

四川是中国的酒窝
成都是四川的酒窝

川菜的油腻在半空升起
那些生活的尘埃就在又宽又窄的巷子里
降落

这是一座被神遗弃的都城
没有冷峻
只有绝顶的温柔
和血管里流出的暖

变，还是不变

这不是哈姆雷特的方式
尽管赤橙黄绿青蓝紫都可以写在一个人的脸上
暂时忘记化学成分如何勾兑他的神情吧

变一张脸相当于对世界进行高傲的宣战
这个演员几乎被掏空
他颤抖着接受了自己最后的样子

杜甫很忙

杜甫很可能不在草堂
他忙着给邻村的大娘送去刚打的鱼
他忙着找个私下无人的地方晒那些发霉的诗句

他们村没有信号
所以他可能一路小跑
追上未来的一缕晨光
把大唐看个遍

杜甫翻了一页教材
就颠簸了 1251 年
在如龙的人流
杜甫一翻身
变成找不到家的甲虫

一个人的白夜

有时候一群人也是一个人
是一个人的一群
我能从翟永明的酒吧里看到各种颜色的诗人
比如
北岛是黑色的
像石头一样坚硬
西川是灰色的
肯定很难被吹干的灰色
欧阳江河是蓝色的

带一些玄妙的深邃
于坚也许呈现着木讷的白
但最终他们都归于无色

外面就是麻辣兔头了
白夜，蜷缩在巷子深处
既不想把头伸出去
也不能把身体缩回来

今夜，这是一个人的成都
不，这是白夜的一个人

月光与六便士

往返成都的飞机乘着月光的清辉
脸上的匆匆全都献给六个便士
时间在彼此期待的目光中缩短
又被气流的颠簸揉碎

思特里克兰德正拖着麻风病的手
把世界绘在他家的破房子上
从某种意义上
一个英国人的偏执
和锦里永远蒸腾的烟火正化合成人间

给父亲（组诗）

一

我总觉得
有人一直拿着一把粗笨的铁锤
他抬起胳膊
我的眼睛就眨了一下
他敲在命运的城墙上
心就这么裂开了

二

男人并不能够一直奔跑
从某种隐秘的意义上说
男人的懦弱藏在父亲的影子里

父亲说，去战斗吧！
于是男人端不稳的枪
又横在了汪洋大海上
成了射向未来的扁舟

而父亲几乎是唯一的靶子

三

感受岁月的方式是
父亲渐渐俯下身
并且不准备直立了

一簇簇立起的白发
算是向儿子投降

没有
攥在手里的拐棍
依旧是倔强的

四

远处的山里
金色的父亲一定会冉冉升起的

他擦了擦黑板
点了全班十五个学生的名字
又随手在火炉上
放了十六粒花生米

十五个孩子和十六粒花生米
几乎同时咧开了嘴
只有在地上爬着的儿子
被炉壁烫哭了

五

对坚守黑暗的闸门这件事
我并没有什么信心
父亲却只是默不作声
不断掩饰自己受伤的肩膀

透过下坠的落日
所有灵魂从生的起点
一路减速

在这场比谁更慢的狂奔中
最终还是落下了父亲
父亲的父亲

六

儿子和父亲共同注释一本奇怪的经典
儿子看不见父亲的开头
父亲看不见儿子的结尾

只是在对视的那一刻
沉郁和温柔
在命运的安静里

看懂了

秋日两章

我的车是一头温柔的鲸鱼

车一直努力着
和马、骆驼、大象一样
成为人的坐骑

尽管它的发动机总是发出骄傲的嘶鸣
到了深秋　方向盘也得穿上温暖的衣服
在落叶吻过的街道上
只有钢铁包裹的灵魂
才那么渴望和大地接触

它载着我不习惯睁开的眼睛
行驶过高架桥的平坦　以及
郊区那些令人失望的旷野
它总是努力展示它的胸怀
车门打开的姿势
与从孤独的深渊向上飞起
略同

记得也是一个深秋
它把一个个客人
放在它的肩上

它总是克制自己不抖动身体
以恭敬的平顺代替
行驶技术的生涩

它其实经常做梦
油门一踩
它就驶进了它的海洋

年轻的主人啊
离我近一点，再近一点
骑上我的温柔去周游世界
哪怕你决定不再见我
也请你按下锁车的心
你看我眨眼时的光芒
像不像要睡着的鲸鱼？

给秋天写一封情书

秋天总是满足于安睡
在天和地搭起的吊床上
的确　已经很难找到一种满足
来抵挡落叶归根的宁静

尽管与金黄、深红以及老墙上斑驳的身影
努力凝视
它们不是秋天用力长成的样子
只是弧形的微笑和彩虹

不要再咯吱咯吱
或者沙沙地歌唱了
高楼大厦凉爽的空白中
音符溢满

我用力抓住一片等待凝固的空气
它们将会成为有形的冰霜
然而在肃杀的落寞来临之前
谁都有权利进行一场视觉的狂欢

你属于我
你不属于我

我不属于你
如此笃定
我是否属于自己已经难以分辨

水的味道

你瞧
水烧开了
味道就一阵阵上浮到屋顶
虽然它冲破了壶盖并胁迫壶嘴的发音器报警
但你并没有感觉到它溢出身体的迫切与感动
所以它没有味道

它认为它有味道
它泡了壶陈年普洱也是味道
这味道是一个胖同事的手冻得发红的味道
然后它说它有柠檬的味道
其实无非是几天前的杯子泡了柠檬的一生
然后杯子没洗干净

它还说它有鲍鱼的鲜味
这如此大逆不道
不错　鲍鱼是和水在一起
不管它是来自哪一片海
管它呢
命运就潜在海底花枝乱颤

它又要洗刷你的里里外外
但你却不能说
这都是你的味道
最终它和你的血液混淆不清

但它还是告诉你
水就是水
血浓于水

它还是坚持它有味道
它在火苗的环伺下疯狂地嘶鸣
企图以庄子说服你
你终于化了，在一片白色中

你瞧
寰宇之下都是它的气体
在漠视下活完了水的一生和万物的味道

想象故乡的几种方式（组诗）

童年

总是在大人们讲故事的时候瞪大了眼睛
他家的狗怀孕了
据说她家收留的一条蛇成精了
谁谁谁爱上了谁谁谁

最好玩的永远发生在别人家里
不仅如此
他家的饭菜永远诱人
他家的妈妈永远温柔
他家的炕头
都与众不同

故乡的山河
在童年时才会成为伙伴
那时可以听懂一棵草的哭泣
一朵云的悲伤
一块石头的孤独

而后是风景

那条河

我家乡的那条河叫南河

这世界还有北河东河西河
尼罗河黄河多瑙河

河总是从高处发端
滑向低处
也可以说
从最窄处起锚
汇入别人宽广的怀抱

家乡的河慢慢干枯
我们的记忆也被逐渐尘封
就像从最高处滑向最低处
最窄处，汇入攒动的文明

变化

每次回家
变化都真切

比如
那个热心的小伙子不再
义务劳动
那个俊俏的小媳妇
被一个油腔滑调的外地人
用“未来”裹挟

癌症让死亡轻描淡写
津津乐道的谈资中

离世前的惨状被渲染以及观摩

因为“少小离家老大回”
自家的狗，也要多看我两眼

花儿落了

似乎你突然瞥见了父母丛生的白发
故乡就成了他乡

然而，母亲的饭菜
突然可口了

想象白菜的几种方式

十五棵白菜在楼道里瑟瑟发抖
比温度更不让它们乐观的是
我们终于有时间商量
如何吃好一棵白菜

第一棵
白菜和沸水的纠缠
无一胜者
骨子里的爽脆也拯救不了表皮的松垮
于是被轻松切成丝，调以五味
沸水
就躺在那儿吧
没有被完全分解成气泡
就算留下一滴水的尊严

黄瓜丝鸡蛋丝蒜蓉以及嬉笑怒骂炼出的熟油
搅拌翻滚以复杂的态度
通知白菜的惨败
这道菜叫黄金翡翠
白菜只是一盘分母
数量最庞大

第二棵
在冰箱里还有排骨的时候
所有的蔬菜都活不出滋味

白菜作为最杰出的无个性主义者
入选了排骨的幕僚

为了炖出几块排骨的身娇肉贵
共同参透汤的精神要义
砂锅已经等了两个小时
白菜　需要你奉献的时候到了

只需要跳进来
将疑问留给半个小时后透明的自己

第三棵
木耳想和白菜聊聊
不行，两个无足轻重的个体
不就是一个数字“2”吗?
还得加一些肉片
它曾经肥头大耳过

翻炒吧　就像忘记了从来没有出生过
无论木耳和白菜什么出身
有我辈油抹过的岁月
保你们一路坦途

第四棵
关于白菜的灾难
也是与其他事物相关的灾难
空空如也
剩余的白菜就成了填充肉体空虚的丛林

主角白菜放声歌唱
在陈醋的浴缸里
它就是它自己的王
但扭捏的姿态证明了
突如其来的恩宠让它掩面而羞

酸甜的不仅是白菜
但只剩下白菜

剩下的白菜
那天我走出房门
要和白菜一一拥抱
它们给我带来了温暖
我为我曾经的忽视而内疚、自责、羞愧
啊！我还要做一个抒情诗人！

它们已经缩成一团
褶皱的皮肤不是坏了而是老了
用生命诠释生命的反抗
这也是白菜唯一能把握的一种把握

赵乐

和郎师游江南

塞北东风总后迟，江南春色醉人时。
心声信手才半露，灵山秀水羡惊知。

依韵方才子佳贶

曾经只道是寻常，驻马今时似纵狂。
世事无情天有意，好留春色伴夕阳。

因疫情居家遣闷

清时宜酒也宜花，窗外咫尺变天涯。
无限时光身有限，燕子送春落谁家。

秋色

塞下秋来满城知，西风夜动陌上枝。
深红蜡碧黄怜叶，却学春色未浓时。

秋怀

寒雨连宵昼，飘风吹不干。
一枝夏洗尽，数树秋增繁。
西晋鲈鱼脍，东篱醉菊栏。
古今同叹事，心事付诗端。

赵乐，内蒙古大学文学与新闻传播学院教师。

王亚伟

次韵嘉伟师兄庚子新正赋得《宅居静养勿咨嗟》六首

一

宅居静养勿咨嗟，闲看山光照我家。
扫得门厅窗几净，清风已足不需奢。

二

宅居静养勿咨嗟，春趣枯荣尽岁华。
寂寂声中观物理，往来道上此行嘉。

三

宅居静养勿咨嗟，一卷经书一盏茶。
细品精思曾到夜，明灯伴我味无涯。

四

宅居静养勿咨嗟，几度驱车欲陟遐。
只恨书生无利刃，也随霹雳破含沙。

五

宅居静养勿咨嗟，身正方能御气邪。
自古阳无消尽理，东君佩响散云霞。

六

宅居静养勿咨嗟，且把邪除善念加。
春暖犹如天力助，疾风难折格桑花。

王亚伟，内蒙古大学文学与新闻传播学院教师。

喜发绿豆芽

小豆酣然梦泛槎，温汤醒玉吐新芽。
此身脱去浑无迹，不向僧家种藕花。

清晨得南开校友会新春贺信，忆南开读博时光，次韵一首

日月中天自有闲，书山之路向蓬山。
此心已印公能道，也叩如来孔圣关。

秋日晨兴兼怀友人

早起推窗秋已冷，晴曦迷误索衣迟。
红鹅夜绽含苞蕊，玉管晨兴倚懒枝。
室小犹经千卷册，心平岂少万言思。
寄诗又恐寒风乱，欲问江枫几处吹。

天马咏怀

鸿雁雍雍，碧草连天阶上苔。树影飒飒，夜风摇摇映古宅。独登高台，星罗无人摘。天马旧梦今难猜。卧听几阵干戈来。还看月华流照，旌旆央央，惹翻尘埃。兵士骁勇舞戚，战马赳赳，猛志尚在。不想一夜间、车轮终就地下埋。销尽了乌犀玉带，宫妇宝髻空留钗。如今桑田沧海，漫山花开。古今有谁堪怀？

点绛唇

无力春风，清寒总把芳菲坠。飘零滋味，流水知何罪。嫩柳轻旋，银絮无心睡。疏帘碎，东君正醉，残月笼烟退。

西江月·遥寄雁山

又望长亭归去，山高柳绿崎岖。莫说歧路是江湖，诗遣两卷别绪。欲读素娥却住，梦中蛙鼓相呼。昏灯寂寂夜行书，忽见子安少府。

思念

老了的时候
把自己装扮成葡萄架
七月的时候
安静地伏在旧窗下

风来的时候
把那枝枝叶叶拍打
你来的时候
把那紫红的果儿摘下

马骐

青春，归来

最是一年春好
满园尽染芬芳
大美北疆　醉于丁香
更醉于
汝之如花笑靥
比并烂漫春光

你们是绿波
潋滟这方春色里
蛙声蝉鸣　莺飞草长
你们是晨风
鲜活这所校园内
绿树林荫　楼宇殿堂
你们是朝阳
焕发这片天地间
欣荣意气　信念希望

这场淬火洗礼中
你们与我们的祖国
共克时艰　坚韧顽强
如枝头蓓蕾
在坚守中担当

马骐，内蒙古大学文学与新闻传播学院教师。

在担当中成长
感悟悲悯与仁爱
将“人”写在心上

慷慨的骄子们
与执甲白衣一样
正将青春热血之花
在家园最需处绽放
今日青年的模样
正是美丽中国的模样

桃李争妍，细草流光
你们必以
更洞明的心智
沉淀稳健的主张
你们必以
更勇敢的气魄
激越起生命的气场
舒展开长飞的翅膀

看，桃李湖明媚荡漾
松柏苍翠　柳傍垂杨
学子们
踏春归来吧
敕勒川下
天苍苍呵，野茫茫

闫冰梅

胡杨泪

沙海绿洲一奇观，虬枝蛇舞冷泪干。
先贤唯怕家国破，守望古城越千年。

闫冰梅，内蒙古大学图书馆研究员。

杨禄蓉

深秋

红叶将辞树，池月微起澜。
万里西风尽，尺素不见还。

杨禄蓉，内蒙古大学艺术学院教师。

桃李芬芳

（旧体诗）

路明明

水调歌头·中秋

灯火锦书冷，夜半寝衣寒。可堪如梦初醒，轻语倚危栏。落叶随风三日，皓月漂泊万里，尘世已经年。往日化烟雨，回首倦无言。只应有，人不见，广寒仙。锦书小字，思忆唯有寄红笺。秋夜青丝高挽，梦里眉心如卷，怎奈又无眠。少久糊涂事，藏进宿云间。

忆少年·红豆

风吹千户，云飘万里，茶香依旧。听仙乐无数，看漫山红透。落叶萧萧人走后。有谁知、不堪红豆。今灯火如昼，道罗衣尽瘦。

八拍蛮·沙海唤星河

大漠尽头乘玉珂，长烟声起奏云歌。
明月婆娑犹未见，谁将沙海唤星河？

如梦令

昨夜西风长叹，吹散江南两岸。
好酒上心头，一曲肝肠寸断。
心乱，心乱，谁在枕边呼唤？

长相思

酒歌长。谚歌长。街头声声卖货郎。京城客正忙。
左厢房。右厢房。不胜良人居正堂。岁除伤断肠。

路明明，内蒙古大学数学与科学学院 2016 级统计学专业学生。

江城子·夜游

晚风恬淡月昏黄，照南窗，映书房。江水无声，两岸渐微茫。万里无云星灿烂，人不见，影成双。卧听帘外曲悠长，感时伤，念冬郎。锦样年华、吹散又何妨？莫负今宵明月夜，风无恙，水清凉。

浣溪沙·南乡

月色随风落客窗，红笺小字惹寒霜。裹衣抱手意何方？
夜过重门深不掩，旁观红烛鬓微张。忽而呓语到南乡。

七律·晓看

晓看星辰云与月，残羹半酒笑扬雄。
春花浸透文华殿，秋水击穿绣岭宫。
昨夜沾湿金叶表，明朝折断玉玲珑。
传天奉我青松上，看遍人间万样红。

十月桃·此去经年

孤舟停泊，听渔歌催晚，灯火阑珊。月上银梢，群星宿醉其间。谁知夜半吟语，时不尽、天淡云闲。浮生若梦，烛影撩人，过眼云烟。半生听闻玉堂仙。待酒醉糊涂，梦里凭栏。古语谁堪，多情终会长潸。繁华曲终人散，应不见、此去经年。轻舟送远，蓦然初醒，沧海桑田。

花

一别，天涯。
风吹雪，映芳华。
如梦初醒，沏酒添茶。
纵情明月夜，提笔刻朱砂。

十里画廊重现，指尖泪目长斜。
若能夺得上仙意，不许人间落梅花。

采桑子·昨日黄花

小楼夜半秋风起，昨日黄花。今日黄花。红烛窗前透碧纱。
人生哪有常如意，居也天涯。客也天涯。都被风吹雨打斜。

菩萨蛮

晚来风望遥思远，远思遥望风来晚。
寒月映花残，残花映月寒。
语中歌遍舞，舞遍歌中语。
疏雪落何如？如何落雪疏？

一剪梅

晓梦星辰落树丫。轻点朱砂，乱点朱砂。
入江湖后念芳华。居也天涯，客也天涯。

啼笑今生爱瑜伽。戏里琵琶，戏外琵琶。
故人走马看灯花。今日黄花，明日黄花。

青玉案

凤凰栖寄梧桐树。满眼过、无穷处。不识小虫愁几许？日行千里，吞云吐雾。随客飞千户。东风借力登云步。待到新杨换新絮。一夜春门关不住。大街小巷，欢声笑语。满院春如故。

水调歌头·花好月长圆

花好月圆夜，半掩九重天。倚歌才上云树，青鸟愿思仙。仰望山河清皎，又见星空浩渺，心远羡云渊。把酒踏歌起，从此少浮言。盼春水，风拂尽，在人间。此中好梦，吹散思念又无眠。乡友容颜常见，过客芳心难辨，世事已经年。梦里凭栏处，花好月长圆。

临江仙·徐落

疏篱野径通幽处，晚来庭院深深。小桥流水旧光阴，暗香徐落最难寻。

回望闲云秋已暮，可曾无病呻吟？飞霜染鬓念瑶簪，年华虚度意沉沉。

浣溪沙·乡思

明月初升万树头，云杉枝上挂乡愁，疏篱蓬草胜琼楼。

解怨难分昏欲睡，释忧更莫故重游，回知今夜自难留。

西江月·墙角

最喜墙头疏影，最思墙角花红。碧云飘散在晴空，不觉怦然心动。

墙角总添新绪，墙头旧事重重。乱花秋尽又无穷，会向城南吟诵。

采桑子·叶寒

月明如故飞琼宇，不似良宵，不似良宵，梦里寒鸦落树梢。

繁星御水行江口，绝胜今朝，绝胜今朝，夜傍秋千衣带飘。

浪淘沙·云窗

斜风细雨入云窗，闻道枝头有暗香。悦色羞藏眉眼上，娇容映在水中央。

南乡子·无为

戏说于谁，前半生碌碌无为，后半生浑浑噩噩。何若，似那般平安喜乐？

秋风清·疏影

听笙簧，闻暗香。碧月照疏影，西风凝淡妆。寒光摇落庭前树，酒仙醉在城中央。

张广鑫

独步津口盼君早归

独步望长津，江天一色均。
清波承返舫，翠柏载氤氲。
书寄飞南雁，音询归北人。
相思难断处，三度梦君频。

长短亭

长亭远，长亭长，
长亭总总为谁闲？
身向短亭往返。
短亭近，短亭短，
问君久游何时还？
帘外秋雨又潺。

拟重阳兴

素秋重九九重阳，小子结亲趋岭岗。
金菊茱萸两色映，画眉杜宇双声扬。
九州浴火七十载，华夏经霜千载长。
高岗立瞻人世好，何须苦叹蕹蒿伤。

张广鑫，内蒙古大学文学与新闻传播学院2018级汉语言文学专业学生。

采桑子·夜梦亡亲醒作

故人故里匆匆迹，久别相迎。
垂泪并情，一十七年入梦营。
采桑径里重逢事，似草枯倾。
梦醒寻卿，生死阴阳总不并。

七绝·经冬初雪

雨雪夹杂赶别秋，相间冷暖有风忧。
梧桐树落梨花色，经夜随君共白头。

长相思·天涯何处家

上古洼，下古沙。
村头田间野草花，阿爷载我呀！
大梁车，成材笆。
梦醒人非哭白麻，天涯何处家？

长相思·姥居即我家

期年娃，炕上爬。
学步蹒跚语呕哑，阿婆抱我呀！
陇头蛙，老树鸦。
旧时墙头夕阳斜，姥居即我家。

虞美人

新书小字三更稿，提笔言何表。
轻摇折扇暑微消，窃赠心思随尔路迢迢。
酒阑友散尊罍在，一去乡音改。
旧时情境梦中来，君在天涯南北我相怀。

虞美人·阴雨日思怀故人

薄云微雨青山看，几度碑前潸。
青青草叶胜于吾，不消伞靴遮障有荣枯。
归来辗转思难断，相隔阴阳远。
鬼伯蒿里渐相随，想知人间何处有轮回。

采桑子·萧瑟新年情义阑

疫情何眷人情暖，三日远漫。
人命连连，薤露依稀久未干。
阴阳本就多流转，鬼伯无欢。
此时多难，萧瑟新年情义阑。

蝶恋花·不道相逢

一缕春愁风驻步，不道相逢，新月空留住。
昨感朝朝皆似暮，闻春风与之同苦。
灯暗掩遮归去路，不愿相逢，总是伤心诉。
愿得酒中缘解故，不为司马求凰赋。

桂殿秋·因怀故人

生短暂，死溘然。知君长在蒿里眠。
桥旁烛语悠悠意，燼纸怀君到忘川。

渔歌子

轻拈竹管意谁知，白发朝朝替青丝。
一方笔，意迟迟，章句捡尽不成词。

渔歌子·作使与高楼

日迫眉间又心头，想唤东君久相留。
且作使，与高楼，不使我辈秉烛游。

杏园春·常知骤起无由

黄它细叶催秋，高楼目近生愁。
怎将琐绪挂心头，梦中游。
终朝入眼千般意，常知骤起无由。
闲将心事个中忧，可归否？

南乡一剪梅·一曲梨花成绝唱

冠珮绕组缨，步步青莲台前行，
父子唐妃同醉酒，
芳后留名，玖后留名。
君且为卿倾，玉殒香消岁月轻。
一曲梨花成绝唱，
开也成英，谢也成英。

采桑子·贺秦惠鑫友生辰

海棠依旧春中有，露瘦花浓。
入丛寻容，敢别群花觅芳踪。
十接二岁校同友，北府相逢。
他岁悰悰，廿载生辰又近冬。

南歌子·红豆

点点滴滴落，颗颗粒粒摧，谁解个中哀。
一朝黻黼寞，自相裁。

论纳兰小晏酒词二首

一

古今酒语几相同，容若叔原词有踪。
欢纵常因情细误，词篇穷后总多工。

二

春来秋尽酒盈壶，生别死离情总孤。
小院听来一夜雨，个中心事在归途。

读《左传》感于古文字“弃”

寤生新子惊阿母，生汝何辛苦！
鬼门关畔未惺忪，抛进破箕残篓弃荒丛。
足先首后非人力，何故将儿弃。
逆生非孝毁人言，终岁不相见掘地黄泉。

凭阑人

谁写园中一段秋，黄叶翩翩妆小楼。
楼高有尽头，别来无尽头。

无题

轻解罗裳上西楼，既无知己亦无愁。
人独雨微映月影，小舟单棹锁心头。

张震宇

遣哀

靡圣管管，一言以蔽。
黔首随之，幸存幸存。
陟彼崔嵬，希有蕙茝。
反途九畹，服颂明身。
芳草于亩，似韭似芜。
乱曰：
勿愧于天，勿怍于人。
宁赏狂狷，不赞乡愿。

张震宇，内蒙古大学文学与新闻传播学院 2018 级编辑出版学专业学生。

武明霞

七律·亥月怀古

入夜霜寒百草眠，枯枝雪落响瀛寰。
金戈固守中原土，铁马迎敌塞外关。
白骨千年碾作尘，忠魂永寄葬青山。
今时对史遥相忆，不觉双颊泪已潸。

拟《诗》·思公子

其水汤汤，落兮潺凉。
思公子兮，于彼仲阳。

其云渺渺，飘兮四方。
思公子兮，于彼桃浪。

其星熠熠，照兮别乡。
思公子兮，于彼初商。

立春

春至还惊岁律移，阳和潜动斗杓垂。
江梅向暖方争发，岩桂凌霜自不迟。
好景融融开蕊蕊，幽香冉冉散泥泥。
浮生聚散无穷事，尽付东风与细枝。

武明霞，内蒙古大学文学与新闻传播学院2018级编辑出版学专业学生。

苦暑

午暑不足处，西风生晚凉。
庭幽蝶易觅，林茂果难忘。
静对渊明酒，闲寻子敬香。
一杯聊自劝，无语赠君觞。

栗星祥

探春

春花灼灼满陌头，春水汤汤过河洲。
花开花落晓春意，水短水长诉春愁。
沉思往事随花落，闻叹春风明月楼。
何必黛玉伤春事，岁岁年年任去留。

盼春归

正逢贺岁换新桃，万户千门盼明朝。
谁料毒疫袭华夏，风雨如晦泣飘摇。
酸楚悲情恸肝胆，携手同泽亦同袍。
春神挥剑斩魔日，怒放心花向云霄。

深秋思归

秋风起故园，黄叶漫江边。
断雁归飞没，伊人暗魂牵。
望穿凉波去，白苹待归帆。
早晚徘徊里，采尽芷与兰。

冬日怀想

北风浩荡胡天狂，殇雪纷飞漫天扬。
草木凋残忽思忆，子卿牧羊在毡乡。
鸿雁怜义传书信，茹毛餐雪沥衷肠。
汉节存心壮骨在，忠魂日夜向故乡。

栗星祥，内蒙古大学文学与新闻传播学院 2019 级汉语言文学专业学生。

故乡情

人道江南是天堂，吾言最美数故乡。
泱泱草原如碧海，巍巍阴山镇北疆。
玉带溪流映晚霞，珍珠彩朵撒牛羊。
牧人家园美似画，放歌幸福赞吉祥。

望初雪至青城有感

春雪纷纷到人家，心中朵朵俏梅花。
虽有寒风吹人面，确知雷声动天涯。
放眼平畴峰峦处，多少生机待时发。
明旦雪晴娇娆看，一洗天光映红霞。

月夜思

几番秋雨作凉天，懒起披裳落珠帘。
暗问梢头花何在，泪珠盈满思人眼。
曾经月下携手立，笑许千里共婵娟。
但见中庭空寂寂，风声风露在风前。

中秋所感

秋风催气露成霜，落叶披残满阶黄。
庭院清寒帘高起，厅堂户牖华灯上。
人约明月中秋夜，桂花酒佐果饼香。
还愿万事从心爱，更祝平安岁月长！

感怀

秋风生故里，黄叶漫江洲。
雁尽黄花瘦，天高暮云浮。
曾经人别地，几度月登楼。
莫听蝉声唱，思家动客愁。

连政

冬日又雪有怀

和风月影舞婆娑，酒罢云边再放歌。
又是别年残雪落，闲池暗涌漾清波。
谈今论古书生气，若梦浮生奈几何！
逆旅人间皆过客，光阴百代莫蹉跎！

无题

清风过夜繁花梦，贵有天晴夜月融。
烂漫星辰贻璀璨，烟波婉转始朦胧。
心弦离乱撩人苦，倜傥风流易赴空。
莫忘今朝情悱久，垂杨紫陌再难同。

连政，内蒙古大学文学与新闻传播学院 2019 级汉语言文学专业学生。

靳普惠

重阳

秋日重阳天不老，黄发登高。
遍插茱萸争分晓，同手同脚。
长风直上九万里，顶峰直指薄云处。
皎月中悬隐玉身，兰菊悄绽离愁雾。
南雁来去几多回？归心谁驻。
何不把酒共青尊，天下九陆。

秋愁

寒霜凄凌一日秋，风猛萧索半身愁。
雨打露重折桃李，四季转逝不青城。
离忧云色月拂影，鸟雀生灵泪何流！
今夜无家何处去，明日有冷怎停留。
夜半星河清泠游，只盼此秋非长久。

靳普惠，内蒙古大学历史与旅游文化学院 2017 级文史哲基地学生。

王雨琪

青玉案·无题

低眉婉转无由处，听风唱、潇潇雨。

更待双鱼传尺素。

雪梅寻径，月色如许，一梦梨园入。

萧郎白马归程误，音信飘摇恐虚负。

满园黄叶离恨苦。

愁损宵梦，蘅芜玉宇，又引清秋去。

王雨琪，内蒙古大学文学与新闻传播学院 2019 级汉语言文学专业学生。

降书涵

青玉案·初冬

北风夜袭万木枯，更吹落，叶如雨。
晚来天气霜满路。孤雁声泣，灰雀羽残，冰碛湖面扑。
清空凌凌行人少，冬阳恍恍指尖凉。
裙袂翩然动荒草，浅光回眸，薄雪飘往人影浮灯处。

十一月九日夜初雪有感

初絮纷飞树影埋，狸奴梅花雪上开。
小径半湿轻步踩，失笑客从江南来。

猫遇

金树映残阳，行人脚步忙。
隐约猫声起，四望觅何藏。
穿林过荒草，又似水一方。
俯视红叶下，猫隐池石旁。
湖中锦鲤逗，狸奴苦彷徨。

庚子元日忧江城疫情作

正值新春万户瞳，遥传汉地瘟病动。
亲近不抵战疫情，谋面无奈抵荼蛊。
缘灾绝念且宿卧，此际危难敢肆弄。
心忧江城何澌灭，天无法力仁者功。

降书涵，内蒙古大学文学与新闻传播学院 2019 级汉语言文学专业学生。

初夏游黄河所作

草木青青四月花，风光熠熠惹平沙。
闻说万里黄河好，立夏时节赴远涯。
九曲连环淘古砾，奔流到海簸风华。
诗仙所话应如是，古去今来又兴发。

汉宫春·茶座夜谈有感

明月深深，不如寒天冷，茶尽犹冰。
难消心底，寄风言月琴音。
斜阳在后，正当时、无意归心。
谁料想、一番谈笑，而今明月清清。

唯恨生于浊世，教刁愚乱这，源本文兴。
繁星缀长夜里，堪待平明。
怜惜苟且，铁屋中、沉睡须惊。
犹记我、年来灯下，长得一段书吟。

一萼红·盼芳菲

盼芳菲。古人春句妙，读罢买花回。
枯树未青，单衣凌乱，应怪春意摧颓。
正春色、江南最早，令我怨、寒雨甚幽微。
此地荒寥，冷风流泪，春诉伤悲。

春遇哪须桃杏，小桥花落水，尽在情思。
何谓忧愁，何说负恨，何叹春又来迟？
若不见、深红浅碧，总将是、春驻久长时。
可换得一卷诗，好记春词。

莺啼序·游济南记

泉城古风最好，有明湖窈窕。
雨时燕、来访沧溟，却在檐角低吵。
画船载、窗亭子固，轻说落日红酣妙。
过竹林，灯火阑珊，稼轩辞藻。

锦鲤无依，影底掩映，探明花暗卉。
玉壶涌、濯趵突尘，一泓清气池水。
易安词、萧萧两鬓，到今也、余音催泪。
五龙潭，飞瀑湍流，另他滋味。

千佛静默，重嶂层峦，缕烟化老树。
再步入、奉诚香火，偶遇僧尼，正诵心经，引人深住。
城南往事，洪家楼上，观园边外多闲话，
百花洲、小吊梨汤漱。
游宽厚里，熙熙攘攘行人，聚拥市井朝筑。

芙蓉绿翠，远黛青山，哪止三面柳。
正道是、一城山色，四面荷花，坐品茶酥，举杯邀酒。
泉城阅过，风光无数，知交相会难泣已，
但高歌、听彻东篱宿。
如今离后流连，半纸新诗，恨盈始久。

王舒宛

孰梦褪

月溶风淡心清轻，与君浅言寓凉荫。
雨承柔情风驻步，夜展繁枝意犹新。
少女心思何处藏？一任颦颦又斟量。
沅芷缥缈谁身兀，澧兰拈来复飞扬。

引秋光

秋阳杲兮秋意暖，
轻烟缭绕，漫云欲消。
落叶萧萧山川寥，
和风始唤，细雨又招。
秋况是盛抑或凋？
物也萌动，心也巧摇。
秋水潮起又潮落，
暗了蒲苇，亮了石礁。

王舒宛，内蒙古大学创业学院2018级新闻学专业学生。

任雅峰

秋缄

凉雨丝丝落草斑，秋风簌簌折腰弯。
人群济济非心念，明月遥遥在宇寰。
跋涉既回千里外，烟尘仍望笑颜潸。
值当相见无言对，欲语千行尽数还。

临江仙·眠

狭椅小桌阳不见，春秋自在留名。亮中眠去醒来惊。顿然磨夜碎，睡意哪堪擎？

此恨料应非我有，何人逃过丝萦。晚凉风起陡寒生。沉浮难料想，心作苇航轻。

岁末感怀

岁末方明空自跎，光阴无改为谁蹉？
阴云晴雨从身过，醉醒悲欢难损磨。

读李商隐有感

波心冷潋树池凋，朝露夕凝梦影摇。
昨夜岂闻蜩唱柳，情思两忘尽空寥。
蓝田玉暖风轻散，银汉星妃雾笼霄。
不解流光星洗意，难归故地海西迢。

任雅峰，内蒙古大学文学与新闻传播学院 2019 级汉语言文学专业学生。

定风波·霜降

前路孤星渺远天，怅然四顾梦难眠。
事易时移翻咫尺，朝暮，无言桃李却流连。
暗许天涯由角落，悲喜，青城遇见绘新笺。
霜降墨冰身被雪，寒热，烈阳心上锦时年。

梦秋词

明月千年待此回，姜灯万户照人陪。
云间仙阙闻私语，浊酒流觞举宴杯。
银兔赤睛哭堑海，姮娥桂影遍徘徊。
太虚相见应不识，归客原从北面来。

一剪梅·辛丑年中秋

肠断黄昏彼岸遥。魂绕幽冥，魄起寒霄。漫天丝雨打芭蕉，草长拦腰，留与谁瞧。

素昧平生冷絮凋。悲也一程，乐也一韶。新晨又把夜长抛，难道穷极，或许浮聊。

秋渡

家书几万行，零落叶澄黄。
寥廓惊归鸟，浮云映赭阳。
徒劳风信远，空耗桂花香。
长恨离时短，孤身向海荒。

张梦露

秋思

秋风瑟瑟卷地吹，红黄落尽无人拾。
茫茫客子归来晚，向来回望意迟迟。

赏月

路迷高低树，风声唤玉兔。
苍茫天地间，小小一寒栗。

张梦露，内蒙古大学创业学院2019级汉语言文学专业学生。

和嘉怡

秋意浓

落木洋洋霜满地，金林萧萧空留寂。
九月皮绒不觉暖，道是深秋寄凉意。

疫情复至有感

塞北渺芜寒，驼铃匿野滩。
忽而闻警疫，月下白衣单。
百草经枯茂，乡关渡险安。
马蹄晖落碎，待以供君观。

和嘉怡，内蒙古大学文学与新闻传播学院 2019 级汉语言文学专业学生。

李灵轩

无题

落叶满地无人知，西风飒飒总相识。
斑斓曾唱春光曲，一样风雅和成诗。

饮酒歌

重阳佳节九月九，思亲念友盼长久。
无名鸟雀鸣啾啾，引得游子心念旧。
愁绪使身细如韭，何物才能将子救。
既非药石也非灸，举杯共饮菊花酒。

李灵轩，内蒙古大学创业学院2016级新闻学专业学生。

姜文博

忆·仲秋

三秋半，问老天。
朝升暮落，月缺月圆。
寄相思红豆，恨天涯路远。
仰冰轮丹桂，疑人在谁边。
饮蜜酒千杯，醉梦里红颜。
登望处，月高悬。
玉兔不乐，吴刚怨仙。
人间羡青虚，天上爱人间。
见双双对对，诉情话绵绵。
便千般伤苦，愿岁岁年年。

姜文博，内蒙古大学创业学院2018级新闻学专业学生。

刘昊林

重叠金

浅溪云坠花枝满，满枝花坠云溪浅。
楼傍莫萦愁，愁萦莫傍楼。
会人无尽泪，泪尽无人会。
凉月掩纱窗，窗纱掩月凉。

清平乐·别浦

徒留难住，住也终须去。
流水如郎无定处，何况奴身似絮。
低眉粉泪偷零，回眸犹更叮咛：
记取今时今日，夹堤两树残英。

生查子·佳人

空山黄叶飞，暮雨寒成阵。
薄袖倚修篁，目断残阳烬。
衔泪入幽居，心事凭谁问。
争奈两相知，竟世难相认。

鹧鸪天

涓缕春寒浸画堂，沉吟心共远山凉。
何曾挽断罗衣处，霜霭多情泪满行。
临晚月，悔思量，谋欢往事却成伤。
来生纵使无相欠，难抵今宵不尽长。

刘昊林，内蒙古大学创业学院2018级新闻学专业学生。

鹧鸪天

朝卷珠帘暮倚扉，几番凝盼向斜晖。
丁香枝上无凭恨，豆蔻梢头有意悲。
风惹袖，月嫌衣，拂墙花影误疑归。
空庭夜色寒如梦，回首兰房烛影微。

鹧鸪天·今谕

凡子如为人上人，当修容貌不须文。
寒窗冷落连年苦，银幕光鲜顷刻存。
嗤榜样，媚豪门，可怜先烈铸忠魂。
英雄枯骨无人悼，戏子家常天下闻。

踏莎行·夏日

丝雨馨花，浓云溽暑，碧纱深锁深庭午。泪痕辗转谢残妆，东风又弃蔷薇去。
咫尺离魂，天涯陌路，可堪梦语人如故。青鸾若解探郎踪，蓬山万里浑无据！

踏莎行

金榜题名，锦书写愿，冥茫前路知谁见？空言逆水退行舟，韶华竟把浮名换。
苦海无涯，流光有限，但悲目送鸿心远。平生宁做志残人，才情只为双娥献。

木兰花

暄风只伴群芳住，吹瘦繁枝今又去。
尊前前事脸融霞，帘后后期妆堕雨。
凝颦凝立垂杨渡，凝望征帆飞似絮。
春丝不管恨偏长，长恨暄风无念虑。

人月圆·中秋

晚光暗挟秋声起，征雁噪平林。
天涯倦客，终朝不语，怕见乡音。
巴山孤壁，烛摇泪雨，冷彻鸳衾。
良宵几许？寻思往日，只道如今。

马欣欣

巫山一段云·十六天泉上

十六天泉上，居吾心上人。
纤纤玉手点香唇。秋千仙子吟。
红喙齐鸣海浪，白羽双飞芦荡。
我执青伞伴汝生。云雨淡烟中。

青玉案·情人节

天公好似知人意。一夜东风吹两地。恰是浓浓相思日。立思君面，卧思君语，满梦思君里。

妆成玉指呼郎昵。微酒红腮颔首倚。嗔怒不知时候至。花含甜蜜，荷包胭脂，消逗冤家气。

钗头凤

红腮咬，朱唇小，星辰夜月相依老。青山外，眉峰黛。紧搂郎腰，怪驹飞快。爱、爱、爱。

西湖笑，游船闹，凭肩来想嬉儿哨。携学迈，温情态。纸鸢追奔，采花羞戴。待、待、待。

诉衷情

镜光何故惹人忧？小阁楼，玉腰搂。相与卿卿，笑我恨中囚。洗枕三年还是念，星月坠，应能休。

梦回昔日望双眸。爱难收。泪空流。白了思量，缘尽总难留。斩断情丝千万万，人陌路，莫回头。

马欣欣，内蒙古大学交通学院2017级土木工程专业学生。

西江月·别过

快意人生何是？长须纵酒放歌。
天涯海角不须看。历尽红尘无惑。
今又生辰何愿？一人一马一柯。
马逐秋草渡相思。从此多情别过。

浣溪沙·近重阳

塞上秋风透骨寒，重阳未到菊先残。方才遇见已云烟。
白酒十杯能忘否？倾心一笑定悲欢。相思难换片音还。

西江月·初遇

盛夏芙蓉亭立，金秋玉露天成。
最爱捧书语嫣然，叫人怎不心动。
相见何如不见，多情堪比无情。
落得一身苦相思，自此难得心静。

蝶恋花

若世事能随风逝。缘何梦扰，无数夜难寐。梦里笑靥多妩媚。觉来无尽相思泪。

万字红笺何处寄？早无西楼，更无栏杆倚。天寒孤鸟休独立。醉饮几斛好入睡。

江城子·雪夜

寒峭梧桐啄木声。已三更。鸡又鸣。帘外雪舞，片片动愁情。昔时欢笑旧时人，醉无寐，况人醒。

香草兰帐月儿明。暖风轻。睡意浓。朵朵梨花，点缀玉人绫。烦恼无情都归我，只为你，眼波横。

晓梦

行将初度日，因梦九重天。
君舞仙阁上，我琴琼宇间。
青衫拂曲径，粉袖弄花颜。
笑靥含羞戴，凝眸细细看。

游故宫御花园

闲游雨翠亭，细看草青青。
玉井新花梦，青松旧画屏。
三朝都去罢，百帝了无声。
唯有斜阳里，千年古树情。

青城行·三首

一

不肯龙池缚，梦行千万山。
浮萍逐水去，蓬草随风弯。
大漠马蹄废，长空飞羽残。
东风泣无力，花落暮阳边。

二

燕地春光晚，青城醒骨寒。
银丝舞杨柳，红雨照婵娟。
南浦云还散，西楼月又圆。
伊人暂书雁，宝马配金鞍。

三

边城四月春风里，残雪犹存步水湄。
小叶黄杨花正发，高枝白桦叶将肥。
红泥点点金蕊伴，碧草连连青蔓垂。
此景去年应如是，只惜时与人不回。

元山小侃

漏屋窥那星和月，应照伊人共倚楼。
菘菜洋芋清水煮，长衣箬笠烈阳逑。
苦心修得三秋白，一日山间介甫繇。
最恨云来还又去，未曾欢喜却先愁。

重阳夜

正是十七梦为马，重阳三度在青城。
赏花游肆长欢夜，观影留人永乐亭。
有酒和香风落帽，共君听曲月含情。
佳节何必多离怨，环佩归时自笑迎。

杨花怨

散下枝头作雪飞，轻吹泪面对斜晖。
多情却被离人怨，要把吾身碾作灰。

春日偶成

杨柳青青草色新，蜂忙蝶舞上溪春。
桃花树下红行雨，曼雅折枝似故人。

常峪荣

秋意私语

秋色暖，秋阳沐。
浅淡天色云盘盘，山高水长不知处。
斜阳草木皆静默，暮色花台遗尺素。
落拓清风拂面过，候鸟归飞离高树。
秋月明，秋风瘦。
卷帘莫道寒笙愁，秋意飒飒焕秋露。
稚气傲气少年气，挥笔狂饮佯醉酒。
登高远眺琼林俊，随风直到天尽头。

常峪荣，内蒙古大学创业学院2018级新闻学专业学生。

白冰妍

茉莉花开

夜来梦半星河醉，一束清香白雪皑。
原是春初茉莉绽，莫奇疏影暗香来。
怎知花小如苔米，朵朵凭空独自开。
何苦世人相与累，寄情诗酒将行哉！

白冰妍，内蒙古大学历史与旅游文化学院 2019 级文史哲基地学生。

王欣

长相思

三月桃，四月夭，素到云色亦娇娆，忆雪做裙绡。
梦依稀，事迷离，红粉易逝谁凄凄？离情多苦思。

秋思

风卷沉云雨欲落，钩月残星秋气阑。
冷宇清闺无欢色，深抚盈泪弄琴弦。
曲罢音回情难了，徒增黯然无人晓。
痴情难寄梦难期，唯愿秋雨化秋思。

冬日梦春

叶落尘埃秋已逝，瑟瑟寒风挽冬藏。
初雪已报冰封意，万木萧疏裹银装。
冽酒千觞空自醉，起望星河夜未央。
夜半幽梦寻春去，陌上花开草色芳。
无奈寒声惊人醒，心事寂然情自伤。

王欣，内蒙古大学创业学院2016级新闻学专业学生。

阚峥

初冬夜书

楼外寒星楼内灯，三更未尽起书声。
云阴梅岭千枝树，月洒长街五丈冰。
思断深院重被冷，梦惊晓枕半窗明。
谁人歌罢东风破，出剑雄浑舞大鹏！

乌骓忆

举世无双忆天骄，千古豪纵踏风涛。
寒江矫首江南月，热血嘶鸣楚汉桥。
逸兴敢知俄而尽，雄姿不觉黯然销。
英魂烈烈驰风去，班马萧萧问战袍。

萤

竹舍灯前照夜清，临凡天上几多星。
遥夕引路存烛火，教君莫怕做远行。

阚峥，内蒙古大学文学与新闻传播学院 2019 级汉语言文学专业学生。

吉朗清

水调歌头·秋梦

秋风喃喃语，天宇见微云，红袖连卷黄玉，起舞梦情生。惊见枝头鸣鹊，哀婉凄厉幽怨，回首悼青冥。单只孤影宿，恩怨苦难明。

碧水静，寒潭冽，道无情。弹拭三世尘孽，一念雪心清。翻手镜花已逝，覆手水月难寻，晨露打浮萍。倚剑从归去，叶落百物轻。

吉朗清，内蒙古大学外国语学院2019级英语专业学生。

胡凝霜

昭君叹

荒草辙印秋水遥，新鬼失道哭路迢。
自是生来轻福命，未能沐邑承吉祧。
为祐禾黍消烽火，孤身别过桑梓桥。
回首不见灞陵柳，但效白狐正首丘。
谁人无梦甘逐流？无奈披帛牵行路。
蛾眉不戴紫金冠，一样大义薄云天。
月傍寒渚琵琶晚，歌吹裁雾北斗阑。

胡凝霜，内蒙古大学文学与新闻传播学院 2019 级汉语言文学专业学生。

杨耀晶

如梦令·云羞斜阳将暮

云羞斜阳将暮，风袭落花惊鹭。秋意已无多，一抹残红不够。停伫，停伫！满目风华留顾。

杨耀晶，内蒙古大学创业学院2019级汉语言文学专业学生。

郭祺

马蹄声声

策马乘风大漠去，胡笛调冷问归心。
沙飞砾走黄云下，马肆长鸣九霄听。
故园依依杨柳外，孤城落日伤流景。
遥思把酒桑麻时，马蹄轻轻念乡音。

郭祺，内蒙古大学创业学院2019级汉语言文学专业学生。

陈晞

戊戌春日有感

落红惊颤池塘水，恰与罗敷正点唇。
卧岭飞云疑醉玉，翩鸿照影动川神。
晴窗洒墨诗揉雪，寒夜倾壶酒作春。
又是楼台听雨日，恨无深巷卖花人。

陈晞，内蒙古大学法学院2016级法学专业学生。

赵子辉

清平乐·延安喜逢战友席上醉吟

当年征战，辗转山林遍。松树林中几遇险，夜宿溱头河畔。玉皇顶上高峰，阴云携裹雷霆。晓看浓烟生处，尽为敌阵残兵。

赵子辉，内蒙古大学创业学院2016级新闻学专业学生。

许睿杰

残唐西域孤城歌

安西烽烟急，残帜卷寒光。
折戟犹瞋目，豺竖身惧僵！

鞘落往意决，任虏万千伥。
血梅缀征袍，皓首御孤城。
体肤疮痍累，岂图勋爵赏？
军书载吾名，唯愿国无恙。
莫效脂粉儿，靡音蚀肝肠。

陌刀葬骨处，即是男儿床。
革尸何人敛，残冢磷火昂。
独求雁早归，代子拜爷娘。

许睿杰，内蒙古大学创业学院2017级新闻学专业学生。

杨永康

流年引

元宵日思来寻常，汤圆灯火粱下黄。
酒醺剑舞高声来，又恐旁人不开怀。
江水翻出天上月，层叠推涌疑是雪。
草短气寒是清明，踏青扫祭穆景宁。
鲫鲤洄游春意暖，田家播种炊烟晚。
端午粽香赛龙舟，七夕牛女惹清愁。
噫！
磅礴雨落江河溢，正是龙门热闹时。
荷花桂子迎中秋，月圆当上菊花楼。
重阳携酒共登高，望断烟柳雁字遥。
豆熟叶下，空枝见杈，闻说秋风杀。
霜降凋敝，立冬寒凄，无奈日偏离。
一半在南，依依绿树焕春意。
一半归北，旷旷莽原风不息。
嘻！
所喜者雪下纷纷，唯乐哉踏歌以行。

杨永康，内蒙古大学创业学院 2019 级汉语言文学专业学生。

王明珠

与故人书

阶上去年雪，塘里从前月。
门前秋不扫，何处生芳草。

王明珠，内蒙古大学计算机学院 2017 级电子商务专业学生。

石轩瑞

春归篇

春拂四野柳依依，逆风不见鸿鹄归。
山川万里今无恙，唯闻隐隐断肠悲。
涧溪幽处也呜咽，樱落纷纷催人泪。
江城潋滟泛柔波，子规声里送魂飞。
春风化雨春阳暖，人间四月盼芳菲。

石轩瑞，内蒙古大学文学与新闻传播学院2017级播音与主持艺术专业学生。

解娟娟

赞菊花

一缕秋风一丝寒，树叶飘零百花残。
莫问花中谁娇艳，九月菊花开满山。

解娟娟，内蒙古大学创业学院2017级人力资源管理专业学生。

彭玮

江城子·归来叹

亲友师长，别去已有五人，早历八苦；又知长辈重病，归来已见憔悴，无能为力。岁末多灾，天灾有，人祸亦有，早知世事无新，却抑愤懑，作此篇。

雁门如旧月孤明，烈风停，雪初晴。千里家书，纸短更心惊。一任身乘鹏鸟去，山河短，挽流星。死生老病恨别声，纵忘情，意难平。我晓人间，世道总昏暝。愿坐神台如太上，诛宵小，斩雷霆！

洞仙歌

小楼独坐，望天边风起，雾掩云垂雀孤泣。总无常，昨夜谁唤西风？一弹指，却见琼花满地。

山川曾着意，噎鸣无情，轻把人间死生戏。待月朗星稀，一棹归兮，自清静，寻仙对弈。却难舍明镜影惊鸿，纵摘取天河，神女不豫。

山鬼谣

生老病死，为之奈何？

盈虚有数，无可奈何。

问群书，我生来处？姮娥千载谁晤？星移斗转山河古，应见悲欢无数？黎庶苦、尽惨楚，何人痴语帝王术？卷书掩覆，往日未明事，且执手铲，问与土中诉。

须观遍，地下层层垒塑，陶坯礓石残骨。方知此世纷纷扰，刹那几抔黄土。风萧萧，雁自舞，一山烂漫深秋驻。多情莫负。谁宿火宅中？孤舟

彭玮，内蒙古大学历史与旅游文化学院2017级文化与博物馆学专业学生。

不系，无意再争渡。

归朝欢·重游青城山

昼雨独行经碧树，溪涧轻轻湿紫雾。铃歌五祖画天然，目极山屏云深处。热血椽笔赋。壁斜猿泣惊飞鹭，几人知，翠峰无数，化剑向天怒。

秀水盘山龟蛇舞，朱笔题崖神鬼怖。丹成金赤气朝阳，寒潭寂寞谁曾顾？鹤鸣人暂驻，望知尘世功名缚。如传书，若重来此，愿与仙游步。

菩萨蛮

岁末居川西，崇州有敬香祈福之俗，是夜，寺内灯烛如龙，却与友人书信难通，遂有感。

金乌渐喜西山树，朱墙影鉴霜明处。驻箸起长歌，掷杯相舞和。

秉烛人影绰，磬语梵声落。云隐暗飞檐，南柯曾少年。

满江红·醉饮

虚添人寿，由得日月煎去？

此夜无月，此夜无竹，千杯后，忘忧忘忧。

夜饮汀州，影共坐，青枝摇曳。烟雨尽，对灯烛相敬，落花香谢。燕戏浅池知不语？星沉月隐同谁谒？酒当歇，莫醉此中春，应归也。

持杯意，风能解。酣然趣，何欢悦！把此生鸿志，尽收书页。白鹿放之游五岳，凤鸾诏我朝宫阙。叹今夕，却湛湎孑然，蛙声咽。

霜天晓角

千般烦恼事，尽作笛与书，皆自叹惋。

阴山风烈，浪掩薄霜月。烛冷却催帐小，听新柳，犹凋谢。

锦书曾寄也，玉笛声更咽。庸碌此身方识，一草芥，观云阙。

曹雪健

青衿怀志

旷云流走雾蒸腾，霞光映月赤冲天。
玉泉归梦入书筵，豪歌散漫天地间。
思忆年少不更事，坐卧追风将日攀。
横步心坚意似磐，皓轮挂胸调儿衔。
颊柔眸澈乌髻盘，浩瀚对影斗志燃。
启书欲读起航艰，扬帆花飘涩孤言。
愁来攀树摘星汉，兴起徒身奔峰峦。
寒战凛冽碍奔前，路途不坦举目瞻。
鹰隼击星心飞翔，鸿鹄擎身抚曙光。
逶迤红尘为情忙？学途激昂为炎黄。
疫难肃杀泯吉祥，无尽生机苦彷徨。
山河阻断人徜徉，哀澧不止生悲殇。
只今日彰伴朝阳，斗旋苍变情激昂。
搁笔举目欲引吭，唯有炽心填胸膛。
雁如涟漪漾排天，悠云入晕温斜阳。
顿翻气血汇滔江，风起捧髻扫心间。
手挥北斗踩阔泱，举头望月夜未央。
玉追随鞭声似雷，青衿雄壮国安康。

月宫

阖眸星藏雾怀中，夜拥皓轮觅梦宫。
树捧寒鸦斥苍穹，海伏云泪映星空。

曹雪健，内蒙古大学文学与新闻传播学院2019级编辑出版学专业学生。

举目接思山河涌，月面垂泪万古凝。
玉兽倚桂气难平，飞雁吟游寻亲匆。
荒原心枯问天洪，草摇凋香风撞钟。
黎船自从玉钩落，银蛾抱热将死迎。
唯凄默声闻窗笑，月下清天波涛汹。
霜抚孤岛心已冻，岁末婵娟伴冬眠。
年兽吞天吐玉羊，爆竹声庆死后生。
鹊衔北柳问南鸿，月老自古几家同？
桥饮西风压玉弓，欲绝枯流引山淙。

新广寒故事

北斗回眸思月山，泪湿桂魄润人间。
林画夜影卧湖畔，雾看群山环寒丹。
龙王纳妾称玉蟾，风游千里波惊面。
万川走石碎广寒，玉兔啮树接天边。
婵娟走海碎步蹿，低眉顾首发髻乱。
仙绸怕凉丝又断，借来云层欲取暖。
云黑褪色脏月颜，仙蟾出海送衣穿。
一别久经数千年，再见已处深宫间。
初觉不知冷滋味，家破人亡方知寒。
今日只身便下凡，仅一玉兔以为伴。
思忧忧兮路漫漫，危中忽解后羿难。
夜半篝火对愁燃，二更野雉冤魂喊。
吾曾柔声问霄汉，星却闭目不发言。
孤身生存尚为艰？有家万事不觉险。
但今月宫已陷坍，玉葱怎敢将天攀？
矫首骂天霹雳现，玉帝有令雷不偏。

一道紫气如电闪，飞入雷公右手边。
两道金光似火焰，隐入电母两手间。
雷公领旨拨云看，一朵仙花若冰莲。
电母听命掀云帘，一只妖仙像狐蛮。
铁槌呆滞胡须颤，活过万岁为今天！
铜镜激愤仙鬓飘，经历万载到今晚！
手持神槌抖仙盘，心中默声雷要偏。
臂搂仙锣甩神手，脑中嘶声妖要瘫。
安知玉帝思虑全，早知云上猢狲变。
负负为正偏偏反，仙雷情丝神切断。
雷公举手将法展，誓要求得仙女还。
电母提臂把术放，决心电得妖仙烂。
雷声滚滚天地翻，乌云腾腾山川颠。
电舌突突云化炭，江河嘶嘶肝裂胆。
龙王决眦龙息叹，龙体泄力蹈海难。
龙床崩裂龙怒绽，龙妾泪流将心担。
海岸退却海水漫，龙王誓要将天淹。
天地巨变海天战，起因仅为广寒陷。
自古帝王多兵事，红颜祸水人仙遍。
玉蟾此时将家盼，岂愿身栖仇人檐？
一跃冲出龙王殿，再跃已得见飞雁。
三跃升至仙女边，仙女不将愁眉展。
却见故人把身现，主仆相拥哭声惨。
银河便从此中来，雷公见此蟾罕见。
猴心癫狂猴心泛，一女体态妙翩翩。
仙心狂癫仙心滥，一虫可炼千年丹。
却忘凡心为帝厌，猢狲本性真难换！
人心奋昂人心仁，一妖臭味熏恹恹。

神心昂奋神心善，一蟾不除人世暗。
不忘神心为人战，仙神本尊有神瞻。
电舞雷鸣混元斩，正邪一家善恶辨。
雷公为夫电为妻，玉帝为神月为妖。
雷公为色电为安，天庭不满广寒贪。
嫦娥应悔偷灵丹，碧海青天夜夜盼。
泯而为妖抵不敢，灭而为鬼抗甚难。
奈何雷电无慧眼，玉蟾无辜遭劫难。
龙王浮海冲天坛，欲将死生战线延。
怎知同为真龙颜，天龙却排水龙前。
天生万物水归天，今之大喜成大难。
一道紫电从云出，半晌雷鸣声声远。
两道金光自神来，一瞬龙筋便全断。
千条火舌随仙动，万块龙鳞变飞烟。
龙身未到天门边，龙魂已到阎罗殿。
地狱不将身份探，抵抗天帝魄飞散。
阎罗自有鬼心念，留得龙魂作肴饭。
再将地狱门外言，雷公电母将心颤。
龙王尚且不得战，小女怎逃鬼门关？
玉蟾不及电抚身，浑身皮开又肉绽。
嫦娥逝前大声唱："天外有天曰广寒！
日神自将月神怜，日月同心却不见。
天庭不将凡间看，洪旱瘟虫轮轴转。
日神不向天神谈，有心救苦人世间。
吾取灵药本不沾，欲为日神亲下凡。
奈何日高不及边，后羿自言有两丹。
天丹可将吾送天，地丹可将日落山。
夫子与吾生死言，不救凡间不相见。

夫子留下护人间，吾服仙丹入苍天。
寻日不得呼夫难，月寒无伴心更寒！
日为阳兮月为暗，吾独身兮夫不见。
救世不成丹化岩，广寒从此与夜伴。
嫦娥不得与夫见，广寒不把人烟现。
吾却不悔吾不怨，人世总需刘胡兰！
月仍在兮海未平，汝等罪行已昭然。
大道简兮人情灿，公道存兮神涣散。
嫦娥不悔偷灵药，碧海青天日日心！”
唱罢黑云翻身转，一道金光冲月心。
雷公电母惊不言，搔首弄耳不知缘。
但见万道金箭射，日神缓慢将目燃。
日月同天真奇观，玉盘从此续万年。
日月某时同天边，即为此史之再现。
雷公虚软电母残，猢狲流氓电母愚。
一公一母正邪反，正愚忠兮邪混蛋。
广寒史诗为胡编，笔者有问可否焉？
嫦娥广寒已全无，日月同天将怎看？

佳颜

啭啼红绳月老牵，妙筝悬音唇齿间。
八月蜂蝶舞翩翩，十月佳颜墓中眠。

梦得

拥衾吹烛泪湿凉，八山九海幽梦伤。
白驹携侣悔红妆，念云入水似霓裳。

赤夏

花飞雨飞气轻狂，雷鸣红颜意轻扬。
树下憩星心飞翔，炎卷周身割斜阳。
人奔红尘为情忙？也把时樾作枯杨。
月挂玉顶低似房，手捧赤心为炎黄。

疫

病灾徘徊泯吉祥，无尽比翼各自翔。
万千遥途念与想，身在此处心彼方。
提笔罢作将引吭，思忆早已幻迷光。
刹风争涌体已僵，银河入海走北邙。

抚琴郎

悠悠时华作佳良，目射青天若凌霜。
手挥北斗踩阔泱，举头望月夜未央。
快马加鞭音如枪，滚滚烈尘吹阴旸。
年少不把凶彪慌，抚琴更欲伴锦郎。

杨学敬

题塞北雪中蔷薇

小楼新月对胡笳，闲拭红妆淡抹霞。
一朵凌寒偏傲雪，冰心沁入不凋花。

乘飞机中转桂林即景

云遮山岭雾遮洼，月上中天日渐斜。
鳞甲水田鱼尾镇，霞光惊起数只鸦。

临江仙

秋菊复披金甲，春兰曾举青樽。箫声渐远渐无垠。落晖摇疏影，飞木撼微云。

累世风烟如旧，平生笔墨当新。江河尽挹洗凡尘。凝愁需借月，一醉卧三旬。

幽居

幽栖终日掩玄关，门外红尘任往还。
心似浮云随造化，身如磐石亦知闲。
一窗花影虚明月，四面松阴满碧山。
已称此生慵懒意，何须世事锁眉间？

杨学敬，内蒙古大学化学与化工学院2020级化学专业研究生。

梦往青霞观赴仙宴

独觅青霞路渐迷，石阶巧似上天梯。
落英涧畔人难老，飞隼峰头云自齐。
鹤使未归千嶂合，龙筵忽在五林西。
请辞仙府长生约，闻道何须洗宦泥？

过吴宫

今朝帆起过吴宫，两岸青山落彩虹。
阵阵金风飞木叶，年年秋雨滴梧桐。
新晖难抹沧桑变，旧梦当和稚气同。
烟锁南京多少事，伤心一片画图中。

己亥岁末赠联于乐君

一片芳园自有阴，幽人晨往露沾襟。
春来薜荔开青眼，月下芝兰怀素心。
蝴蝶惹花终识面，芭蕉弄雨若知音。
与君高咏频斟酒，杯尽诗成故绝琴。

岁末归乡记

山天一色雾朦胧，浪子归乡似燕鸿。
日日传茶酬座客，年年答礼复家翁。
人间岁月真虚掷，天上楼台亦屡空。
独坐无言思总角，相随凉夜捉秋虫。

戚雨航

梅雨

流火伴青丝，乌篷暮晚摇。
河畔寻常舍，两岸瑛石桥。
诗句成心曲，纸伞忘歌谣。
青丝千万缕，曲曲娉阿娇。

风夜梦

昨夜春风作，柳断羌笛残。
心随西风荡，念伴青月寒。
四季异乡客，九天孤星迁。
黄河雄狮在，几度梦回园。

关山断

远极关山断，光朱绯羽繁。
灵梦临青女，梨花玉满山。
五岳泰独峙，九州何为天。
功业百千计，不若共蟾盘。

戚雨航，内蒙古大学电子信息工程学院 2019 级电子信息科学与技术专业学生。

王玄烨

答友人

傍有粉颊微涡生，清露明眸点绛唇。
自卿衔玉临凡后，江南只留一半春。

华山游

掣风驱龙出老秦，此去西岳听风吟。
云海奔腾流光转，碧落空明薄暮明。

庆雪夜

丹霞千里映地银，青松披蜡叶却新。
今夜数更寒亦暖，明朝三尺雪犹轻。
群儿欢愉莫归去，万古愁来也作情。
尚想来年飞花日，星光熠熠酒盈盈。

一剪梅·中秋

夜半流光照轻烟，花亦无眠，露亦无眠。玉楼难渡广寒远，身在天边，心在天边。

但将情思约明年，今朝流连，明朝流连。灯火人间共婵娟，人也团圆，月也团圆。

王玄烨，内蒙古大学交通学院 2020 级交通运输专业学生。

南歌子

烟雨暗千家，西风骑瘦马。遥遥银汉似无期。相思渐落水底，归故里。

明月穿流霞，暮夜扶琵琶。漠漠青城游子意。休道此处心安，共凄迷。

唐多令

明月下西楼，暗风打疏桐。寒山叠影又重重。衔芦孤鸿窃彩虹，楼台，烟雨中。

难忘少年游，愁倚两三松。壶中绿蚁竟空空。伤心春水又向东，昨夜梦，与君同。

好事近

桃枝压春风，明月堪得玲珑。况是佳节将近，怎个满堂红。

新年更有新词说，灯火亮如泼。天仙飞来同贺。且看百花灼。

桃李芬芳

（现代诗）

苏热

你在黄昏怀念清晨

你的马把掌钉留在了五月
翻腾的绿叶停不住你手心的火焰

窃语，远方的戈壁在阴影中交媾
生下的孩子会寻找信仰

你用石头编织黑发和骨架
身体陷入黄昏

你和年少的自己
隔了整整一个草原

不倒翁

墙角的不倒翁啊
孤独把你的双脚磨掉
只要听见脚步
你就用力倾倒

秋分

面对收获
你一无所有，只会
顶着干瘪的谷粒四处行走
浩浩荡荡，晃晃荡荡
叫嚣着，不属于自己的丰收

苏热，内蒙古大学文学与新闻传播学院2017级汉语言文学专业学生。

张广鑫

马兰花姑娘

——献给浩兰师

年幼时
马兰花是一束
来自父亲深深的爱
我在马上呼喊
父亲在马下采花
马兰花的清香
萦绕身旁

长大后
马兰花是一片
我对父亲沉沉的思
我在将来回首
父亲在过往定格
马兰花的清香
至今难忘

马兰花香呵
沉寂于心的二十三年
马兰花香啊
不能退却的一世一生

张广鑫，内蒙古大学文学与新闻传播学院2018级汉语言文学专业学生。

我多想让你
再给我一次臂膀
再陪我走一次蒙古包
再为我牵一次马
再听你轻轻地唤一声
给，我的马兰花姑娘

武明霞

唤春

依旧怀念梦中春景
那是云波浩荡的深涧
人们在清晨耕种
在黄昏里闲牧
晶莹的汗珠湿透了袅袅炊烟

又是烟雨蒙蒙的水乡
风儿为街道停留
茶香为游子浮动
南柯的那段倒挂着油纸伞
说书人的醒木乍响
惊碎了一地的“黄金缕”

眼前的世界无端黑白
生命的祭奠是第三种颜色
待到百草权舆，清波荡漾
希望将从酣沉的梦中醒来
迎着青阳的曦光而活

我站在第七十二年四月

我站在第七十二年四月
回望故乡的容颜

武明霞，内蒙古大学文学与新闻传播学院 2018 级编辑出版学专业学生。

迷雾重重
我已看不清

阿爹赤着脚卷烟
双手皲裂
阿娘拿起鞭儿
赶着盲马
一深一浅

红云洒满了天边
牧歌回荡在草原

我站在第七十二年四月
脚下是忘川
眼前是人间

马说

我是一匹流浪人间的马
皮囊下有放荡不羁的魂
我达达的蹄音流过《诗经》
又转向另一片迷雾沉沉

十岁时，我路过高原藏区
望见雪山上空盘旋的雄鹰
赤色庙宇深处黑亮的眼睛
以及，那庄严神殿下
连绵不绝的，匍匐前行

二十岁时，我路过山野水田
看见扶犁耕耘的乡民
他弯曲的脊梁
暴起的青筋
像是凝固在这片土地上
祖祖辈辈的重影

三十岁，我路过广阔的草原
听见天地挽留的风吟
看到青青草浪间惬意的羊群
抱着羔儿不住亲吻的牧人

光阴渐消，嘶鸣难继
不知在暮色那头
是否还有下一个玫瑰色的清晨

久远的春

句芒和玄冥争论不息
一阵东风迟迟不敢越过千重石壁

秦岭将九州分成两半
一半是晴蓝的川底
一半是土灰的沉寂

南乡樱笋已至多时
我却在北国的余寒里
看不见一只纸鸢的影子

杨柳不来，杏花不开
只有门前的枯塘边
瑟缩着几堆瓦块砖粒

那一夜

那一夜
我站在暮霭沉沉的林间
呼出一朵白蝶
它带着沉沉夙念
飞过山水重岩
淹没古老的岁月

那一夜
我站在云波浩荡的冰原
以三百七十度的眼，仰望星和月
一粒萤火划过天边
在刹那的绚烂中
倾泻了人世千般恩怨

那一夜
我站在雪虐风饕的山巅
对着八万里长空祈愿
再给我，最后一夜

褚金

遇见下一场花海

转眼又一年过去
也许你早已忘记
紫金花海里
我们给予彼此的祝愿
记得你曾说过
夺目的群芳会刺痛脆弱的神经
令你惴惴不安
百花凋零后的漠北
寂寥的土地上
点缀着的几株清瘦面孔
才真正令你神往
你说不争才少些戾气
你说坚韧才不易褪色
你说独处时
连夕阳和微风都是浪漫的
你曾给予我的
如今都淹没在了残落的盛夏
唯有这些记忆

仍然深深地印在我的脑海
可我仍在等待
当暑气褪尽

褚金，内蒙古大学文学与新闻传播学院 2018 级编辑出版学专业学生。

紫金花开
山丘之上
与你重逢
我愿一直等待
等待下一次花开

秘境之恋

我从寂静的荒野中醒来
远处传来悠扬的哨声
微风拂过耳畔
驼铃响个不停

我从昏暗的森林中醒来
麋鹿迷失了方向
在灌木丛里打转
睡意昏沉
梦境重现

我从凋零的花海中醒来
飞蛾闪烁在星空下
寻找黑暗深处的渴望
我也想追随它们
寻找你的踪迹
尽管前方
仅剩零落的追忆
和无尽的迷航

斩断纷乱的意识
整理记忆的思绪
我说命运啊
可否赐予我们刹那的永恒
你说就到这儿
把一切追念都捐弃吧

张泽英

马

由一片瓦蓝的梦醒来
开始奔跑
像是要将天撞出口子
枣红的毛与空气摩擦
划出悠远的长调
炽热的炭火，灼尽千里烟霞

踏风而去，只留
月光的灯芯
摇曳草原的虚空

楼里

墙壁浮现夕阳惨白的笑
手握夜的画笔涂抹

他不愿吞咽悲哀，跺脚下楼
吵醒天上的星宿

在沉睡中想起夏

阳光浸泡的冰块，我是
浓郁的夏风
寂寞站不住脚

张泽英，内蒙古大学文学与新闻传播学院 2019 级汉语言文学专业学生。

滑落脸庞，坠地
溅起木头的惊叫

云剥开蓝天
握不住一丝暖意时
死去，从身体取出
寡欲的记忆

嫂嫂

嫂嫂，青色的麦子是你
未弯沉甸甸的腰
泥坑挽留水
水泡着云，云的睡眼
装满笑声的头巾
路过一只山羊
散开风的长发
连同自己飘落旷野

默

寂寞的街道
水一遍一遍流过手
干瘦的谣言
恐慌瞪着迷茫的眼睛
宇宙吞吐人类的喧嚣
远处潮声退去
冬日流下泪和汗
春天的盐充盈

世界终于安静
元宵花灯相对无语
摘掉耳朵
动物的哭声渐渐苍老

城

痛饮春风，醉到不知秋冬
我的皮肤渐浅，淡出
草长莺飞，沉落奶罐
凝出一摊阳光

推开冬天沉寂的窗户
天空打了个哈欠

深秋

烤红薯的香咬破空气冰冷
山楂落糖霜
突然跨入冷的立方
我握住你凉的手
握住我惴惴不安的心

缓慢吃掉二十个饺子
找到第一片冻红脸颊的爬山虎
打破随河水凝结的空气
点灯，夜的一块皎洁

鹅黄流上苍碧

夏已迟暮
穿一层薄薄的寒气
看门人
拖起暖气长长的线
连夕阳也拖长

冬

日出困倦，起晚
清晨眼角的阴翳，流淌
海水浸没城市

闲坐炉火蒸暖空气之上
黎明雀巢不安于室喧嚣
削剟白霜
余树枝清凉

内大的故事

下雨的时候
教室里的课温柔起来

每当有人叫我学姐
我就被猫踩了尾巴
怕狗，知道所有泥土踏过的脚印
有时想躺在草地上晒太阳

每片玻璃都想出走
春，空气倾吐山楂的甜香

蛙声沉默，夏夜聒噪漫长
秋天，一框流金
阳光在雪面上铺开
远处的山开始朦胧了

桃花无言

桃花说
“我们是春天漂泊的泪”
局促枝头，淡开
黄昏的悲哀，巨大的帆

瓣尖的娇羞
以风的震颤，掠过
一个荒芜的人

细蕊的影子
搅动春的时间
驶向酣睡的喧嚣

春天与你

春天成熟
语言淌出桃子的汁液
用黑夜拥抱你
风喝醉了
微醺的酒气亲吻耳朵

我的目光

不敢触摸你亮晶晶的眼
太脆弱，如皮肤上的雪片

某一天被你潮湿的梦叫醒
青草的味道拍打

给 X 的赞美诗

星星暗淡了夜色
你使我被需要
如松枝与沉沉的风声
漏网千万条鱼

于纤毫之末的舞蹈，
厚实的脆弱停歇于中间的号角
骄傲如金刚石折射光
太阳，炽热的火
黑暗化为潺潺溪流，蜿蜒而去

当我第一万次爱你
第五千次感到未知的新奇
像第一次见你的哭泣
记忆太长，时间太短

将我献祭
一盏叹息的灯
光浸润身体
我沉睡你的灵魂

回乡途中

雪躺在枯草和泥土上
伪装牡蛎的呼吸
荒村在田野中永远沉睡
如我投向你的目光

不完整的砖房
肚皮吐出黑的亮光
肆无忌惮地暴露自我
妄想得到雪的哀怜

树枝细密的绒毛打扫天空
扬起迷蒙的雾
雾后面藏着
安土重迁的梦

电线穿起杆子
指引无法迷失的路人
绝望踏大雪离开
没有留下脚印

复归

你不知不觉走来
以为长日漫漫，稍嫌味淡
盐渍之，放歌之
五陵年少，打马碰碎昨日

酒杯，欢笑流到今日
你打开古董的袍
叠好皱纹

你不知不觉走去
虎虎生风，指针
挑逗千钧的沉重
轰隆隆跌落苍白的脸
逝者如斯，子在川上
拉长回忆
秉烛夜游

你不见踪影
鬓角星星，一任
点滴隐入虞美人的叹息
你的梦沉睡我
春天迟到了

景卓慧

找阿宝·我

我把眉目打开个缝，
称之为疏通；
我将通红的鼻子涂抹脂粉，
藏进一场冬。
十月清晨酒酣耳热，
捉着字迹潦草的树皮描红；
黑底白字脉脉散入，
在一场冬里，
我是吹面不寒的杨柳风。

霜降

先生
总要冒犯点什么东西
打破不亲近距离
谁也不想贻误或困顿自己

秋夜烧老玉米的香气
由喧腾转入岑寂
细微爱意
四两拨千斤

消弭策略与刻意

景卓慧，内蒙古大学外国语学院 2018 级俄语专业学生。

撩拨和好奇
不以此为殷鉴
仍走的是这一着低棋

唯一的防御武器是礼貌、微笑
和严谨的笛卡尔式逻辑
在文笔走调时找到自己的声音

今日我就再贺你一次
天光云影
从今

黄慧芳

春的故事

——愿我中华早日抗疫成功

庚子鼠年映那灯笼、窗花
如约而至迎春的故事
晴日暖、情意绵
江水茫茫，桥也长

旧年岁末时，星星点点
江城市井间，跌入深渊——
风雨不阻，山河无远

书信与日记陆陆续续
楚河汉街的灯怀抱着冷的月光
独自忧愁在如漆的血色中，颔首低眉
无行人探听，那无声的哀惜

裹着白色花瓣的氤氲
向逆风的方向漫溢
将泪水掩藏的笑容
重叠着向来勇敢的孩子心底的话语

江山多娇，有五千年的繁华与奇迹

黄慧芳，内蒙古大学文学与新闻传播学院 2017 级新闻学专业学生。

如利剑出鞘，当笙歌响起
斩落丛生的荆棘，破开灰暗的梦魇
轻舟过了万重山，飞鸟跃上九万里

忆赤壁英雄豪杰
望长江波澜壮阔
如金戈铁马，挥手扬起鲜红战旗的坚毅不屈
寻生生不息，侧耳倾听华夏脉搏的铿锵有力

我愿那樱花开得明媚
我愿那黄鹤盘旋楼前
我愿那飞鸽传来春的故事
连同胜利的赞歌一曲

孙旭

海拉尔之歌

我中了夕阳藏好的毒
你裹着云朵沉入大地
不回头地走
到了夜晚
用玻璃杯碰碎霓虹
踏了一地窸窣
你笑了　笑中有今夜的酒
和那七百多公里的温柔
明日会有新的太阳
来解我的毒
而夜里　我要梦到海拉尔
那里有我的草原和马匹
唱一个通宵的牧歌
海拉尔！今夜天空里没有星星
海拉尔！我要你做我的月亮

踏雪

一

昨夜又是宁静
今晨吹着缓缓的风
是雪！又是雪……

孙旭，内蒙古大学哲学学院 2019 级哲学专业学生。

北疆风雪中
再没了孤狼的嚎叫
我却梦回那古渡
落雪的古渡
武陵寺塔下传承千年的驿
再一次成为麻亭
声声呼喊　阵阵马蹄
惊醒了我关于黄土的梦
踏雪归去
把一壶酒
问天、走驿、敬黄土

二

分不清是胡杨还是白桦树
向上直插着天
蓝的背景布下
分不清是银白还是灰黑
又有雪落过了
还要变成寒冬的卫士
站在一片静寂之中
守候来年的风
地上的雀也不怕冷
不想如何飞翔

却在雪地中作画
甚至连话也不肯多说
枯枝草叶堆里的窝
睡着欢快的小黑狗

它的伙伴们呢?
哦　原来不止一个草窝
分不清是胡杨还是白桦树
我再一次踏雪走过
当今年最后一场雪降落
想听你在耳边轻轻诉说

记一棵老槐

昨夜你张牙舞爪地向我扑来
抖尽了身上的黄土
好似恢复了年轻时的神气
饱满有力的枝干盘于半壁
连叶也变得葱绿
我踏着青砖　望向了你
布谷鸟说　你躺在那里
将半身藏于崖壁
我靠着你　听风轻轻语
有半坯墙仍站在风里
你说黄土便是归宿
墙与你都是大地的尘土

连政

飞马

雪霁，
一道一道黑色，
是白色的疤。
惹了月掀开面纱，
星辰闪烁扑打，
忆起了那时的青春，
如诗，
如画。
读圣贤诗书，
和古今风雅，
意气疏狂凌云霞！

雪在融化，
回忆在崩塌，
堙为尘，
碾作沙。
往事随风乘驾飞马，
我们奔跑在生命的单行道，
追不回年华。

连政，内蒙古大学文学与新闻传播学院 2019 级汉语言文学专业学生。

一想之美

我不能阖上眼
我害怕你的烙印永不磨灭
任风蚀，任境迁
由此
我回避了黑夜
可白天
我却想拥它入眠
直至永远
于是
我不能忍受哪怕是一秒钟阻隔你与我的光线
如此一天又一天
365 次
构成了我想你的一年
可惜
我没有 365 年，又何况永远
然而
谁说永远不是瞬间
与其期许那缥缈的永远
我更在乎情随意动的每个瞬间
而这些瞬间，方才是真正的永远
不知
能否与你一同欣赏这时光荏苒，岁月潺湲

单程巴士

孤独脱单
寂寞也结了伴
和我们上了巴士
一起
开往星移斗转
欣赏那岸
那树
那湖畔

时间沉醉于美轮美奂
一转眼
车门应声关闭
灯光随你无声消散

世界提前灰暗
巴士也将速度放缓
为了寻找明亮
故意避开
那岸
那树
那湖畔
绕了一大弯
终于驶向祝福的经典桥段
掠过风景
原来

忘怀才是爱的终点站

时间立下路牌
一块一块
见证生命的永恒与遗憾
但至少
我们曾经路过浪漫

无题

新新人类
身体的领袖是激素
理性总被用来
不理性地占卜
无条件地相信会如愿幸福
所以日夜激辩论述
心上人的归属
可对手是丘比特的不理不顾
即便是最佳辩手
也只能认输
没了退路
孤注一掷
痴情尽付
哪怕
青春在执拗的等待中匆匆落幕
可不论值不值得
这一夜
星辰洒满床铺

浪漫在跳舞
蓝光打到脸上
洋溢着孤独

2021·推迟后

似乎是真的
在一切推迟后
尘光自窗帘剥落
那些已有和将有的白昼
眼睛总是负责沉默
喊不出一声秋
是该重新计算　零和所有
数一数　有几个
不善表达的日出或日暮
与梦缠斗
原来未完成的夏天
每一年　七月都应该复仇
可习惯了推迟
行窃的不一定是小偷
真诚的阴谋
于是在没有命名的国度
豢养自由

王明珠

我行走于茫茫大漠

我行走于茫茫大漠
就一个缥缈的因
寻一个无望的果
是我拿起拙劣画笔
也画不出的景色
无际梦的破灭
像手中擎着的烛火
悄无声息、不动声色
何人知我心中落寞
我这不入流的画者
颓废又执着
固执地守着
一个没有灵魂的空壳
背井离乡、长途跋涉
稽首于传说的波斯国
有一天我会推开虚掩的家门
在满身疲惫中昏昏睡去
那被岁月吹灭的火
曾是我画作中
全部的亮色
有人将画卷触摸

王明珠，内蒙古大学计算机学院 2017 级电子商务专业学生。

波斯猫　巷道
和带着面纱的她
铸造彩虹般美好的国
然后转瞬即逝
消散幻灭于风中
徒留老泪纵横
这个梦啊
我已然做了一生

留夏

开始的瞬间
什么都忘记了
遗落的后来
什么都被忘记了
被深深地弃置着
武陵人终是舍弃了
他的桃花源
啊，曾深爱着的净土
七月河面上的清晨
水汽迷蒙
七月的芦苇
伫立在水中
固执地拖着
成长最后的尾巴

“今年的水位
较去年又涨了些”

一个小孩
在河边走着走着
所幸耳边
无那些此地危险的话
水汽将他的衣衫打湿
阳光将他的脸庞捧起

不断逝去的时光
像只滑溜溜的鱼
藏不住的狡黠
连半片黏腻的鱼鳞
都不曾为他留下
木木然张开手
小心翼翼地攥拢
以为掬住那水汽
就能把整个夏天
亲切地留下

留下灼灼烈日
留下聒噪蝉鸣
留下绿荫遮盖的凉爽
留下含在嘴中
那颗薄荷糖的清甜

留下月色间
不曾被惊扰到的
那丝清梦

他是个倔强的人
倔强到不愿长大

那样的火

我见过那样的火
如雾般迷蒙的火
似水般澄澈的火
静若万年屹立着的古松
却又时而随风跃动
只知死水无澜
丝丝涟漪争相为证

我见过那样的火
微漠的火光中
天使邀魔鬼共舞
打着瞌睡的野猫
毫不掩饰地
露出隐藏着的尖牙利爪
悠悠岁月数年一刻

于是高高的堡垒筑起
我将此火赶出院落
我将于深夜开始远行
黑暗中摸索着前路
踽踽独行

那样的火，我未曾见

夜

在这孤岛的岸
没有一片搅扰的帆
今夜明月未眠
灯塔在暖黄中慵懒
打着温柔的哈欠
海浪冲击着礁石
送出欢腾的泡沫
在空中喧嚷跳跃
风将海面轻抚
哼唱出夜的摇篮曲
这是她的孤岛
这是她的长夜
她将繁星数遍
始终不言缄默

四月丁香

四月的丁香花的气息
明目张胆地酝酿
尔言惜花如狂
缘何不见你在身旁
容它丁香惆怅

唯觉花团锦簇
枝枝含香
如此奢侈景象

肆意清风阳光
争一朝温暖、明亮

芬芳缓缓荡漾
已是信马由缰
白云为佳侣
清风斟满觞
此时无双
从此飘飘荡荡
自在而无伤
花香已作佳酿

或许无他欣赏
才显黯然神伤
人未至、花成殇
落得如此彷徨
忽而风骤起
一树馨香
摇摇晃晃
恍然闭上眼睛
于是躲过一场花雨
也躲过一个春天

安维娜

把眼睛闭上

把眼睛闭上
把自己埋葬
这样你就不会再看到
太阳那朵鲜红的花
如何被黑暗所吞噬
用鲜血来扎染大地
把眼睛闭上
把自己埋葬
这样你就会与世隔绝
所有的黑暗与你同在
你就不会再感到悲伤
把眼睛闭上
把自己埋葬
这样你就会猛地发现
你所寻找的稻草人
他那血肉模糊的头
已被拧断在风雪中
哦，幸亏我不是凡人
不然下场无非就是
随着漆黑的时间所飘荡
终将在黑暗中化为虚有

安维娜，内蒙古大学经济管理学院 2016 级经济学专业学生。

我愿被沙地所认领

饮完马以后
北风很大
天空把大朵大朵的蓝吹来
沙子拖着马蹄
可那两匹马依然从着风
在大地上来回翻滚
仿佛世间本该如此
不，一定是有云朵落在刚刚的水里面
被那两匹马喝进去了
如同此刻，悲伤落在我身上
被吸进了我的手心
我学马躺下
把手插在沙子里告诉它
我想骑马去看你
把这种悲伤
再重复一遍
然后被这沙地所认领

今天

这一天
因为酝酿了太久
显得又久又厚

坐在桃李湖边的我
许久才注意到

叶子在拍打水面
回头看到这棵大树
也许需要一个半的我来拥抱
呀！
你的树皮自带匕首
耳边低鸣着
“你只有腐朽的灵魂”
我不信
拼命撕下你的叶子
盖在我的脚上
与你一同感受
地间的灵魂
和人间的风
原来
风会给我带来
幽暗的口哨
没有风
就是没有被爱的感觉
睁开眼面对大树
不再是层层叠叠的死亡
灵魂摆渡后重生
我也让那些停顿下来的风
带走了哽咽
今天我只是
重新找了一下自己

叶子里的青春

我是为了无尽的青春而来
谁也不知道我偷走了太阳的轮班
只为喝完那碗里的水
只为穿上那双破旧的鞋
只为翻上那座回家的山

山上那棵长生不老的树
承载了太阳的重量
随手摘下一片叶子放在眼前
就可窥视那段记忆
毫不费力地湮没了我所有的抵抗

我也曾羡慕凡·高拥有的普罗旺斯
那里描绘了所有青春该有的样子
唯独我的平静侵蚀了青春的烈火
放映的是一遍又一遍走过的山路

突然雨滴一滴抱着一滴
一滴落下推开一滴，落下
融合后散开，散开后融合
雨后的山变薄了
我也拥抱了自己

在这个安静的世界里
青春在不同的地方就有不同声响

没有谁的青春比谁好
没有谁的青春比谁完整
没有谁在雨里，没有谁不在雨里

扔掉叶子之后
黑暗再也不能阻隔我
太阳再也不能桎梏我的冲动
我该如何熬过这山顶的黑夜

卖肉

屠夫拿着短刀
将摊上的肉
割成肥瘦分明
肉上泛起的油
变成欲望四处飘散
苍蝇再次集结

短刀没有了威严
屠夫的手一挥
苍蝇就绕上两圈
一挥，一绕
手抵着风，风推着苍蝇
竟然如此和谐
这是一场长久的博弈

几番较量之后
屠夫开始幻想

把苍蝇用一条绳子
这儿一缠，那儿一绕
休想乘着空气中的怒气飞走
绑住它曾大口吸走的欲望

如果苍蝇可以交出眼泪
那么屠夫也一定会
放下屠刀立地成佛
然而只是幻想
除非没有了肉

沙尘暴

我找不到不一样的赖床方式
也找不到区别于昨天的沙尘暴
房间里的书不多
能读下来的更少
一个人丧起来
只允许眼睛来呼吸
而沙尘暴专攻眼睛

对面楼上的太阳能
吸收着沙尘暴的能量
而楼下一直哭闹的孩子
却在尝试与沙尘暴抗衡

在如此真实的世界里
我总会留下虚拟的眼泪

我感谢沙尘暴
允许我低下头哭泣
沙子拍打着窗户
带来了不属于它的雨滴

邵宸

春天礼赞

道旁的坚冰正在慢慢融化
和煦的微风轻轻拂过面颊
暖融融的空气温润着大地
如丝的细雨说着悄悄话
迎春　在天边　在眼前

泥土里的种子长出了嫩芽
去年的幼苗身姿初见挺拔
含苞待放的花朵细腻柔软
轻轻地触摸，又怕惊扰了她
感春　在身旁　在指尖

丛中的百灵鸟歌声多么清亮
莺啼燕啭奏出和谐乐章
孩子们的笑声在风中飘荡
春天的原野上
到处是动听的音符
到处是生命的欢唱
知春　在耳畔　在心田

哦，春天，你真的来了
虽不能看见你的容颜

邵宸，内蒙古大学历史与旅游文化学院 2019 级历史学专业学生。

但我知道
你已走近　在我的身边
我把倾听与感知变作风筝
把想象和憧憬放飞在你的天空
你滋养着生命和力量
孕育着希望和梦想
有你的地方就有温暖
有你的地方就有光亮！

美丽善良的春姑娘啊
请借给我一丝光明吧
让我揭开你的面纱
领略你的魅力　歌颂你的典雅
然后　和你一起
驱散寒冷与黑暗
让温暖和光明的种子
随风飘扬，花开天涯！

曹雪健

闭上眼睛祈祷

追思忆
曼妙成河
星汉横跨苍凉
丁香楼里的阶梯
厚重的慌张
几卷文字
望向窗外的流年
钟声缓缓告别
悠扬的长廊
脚步缓缓徜徉
它多年的业障
是告别
窗的清爽装饰雨的柔眸
是呼喊的旧时光
星空闪耀与深邃的怀抱
绝不会有人怀疑
青春的天空
可以如此苍茫
而又婉转
旷野上的红楼是心房
悸动的萌芽从房里钻出

曹雪健，内蒙古大学文学与新闻传播学院2019级编辑出版学专业学生。

伸向远山沧海
大地蓝天
突然
一声雁鸣打碎了梦乡
窗外
是点点寒芒和陈年之香
琴说
岁月不增不减
流光难追
暖阳斜照身上
悠晨里的发丝飘摇
吹
风吹
乐名不知何
一顶草帽遮住沧桑
那故事
从山南讲到海北
再从沉湖飞向蓝天

王宇森

教我如何不想她

你是否还想念着她的模样
这一次
我们拭去薄薄的灰尘
唤醒对她的记忆
迫不及待地一同回到

藏匿于树丛中的大楼，
又有多少神秘？
教学楼背后的假山不曾言语，
却聆听了那么多青春的声音。
一缕飘过的云，
一道留下的影，
载着多少安逸？
阳光洒下，
短短的石阶上，
是我们无悔的青春。
大树就那样毫不动摇地站在那里，
见证着一代又一代人的幸运。

你是否有一刻，
喜欢漫步于寂静的小道，

王宇森，内蒙古大学文学与新闻传播学院2018级播音与主持艺术专业学生。

感受一个人的平静？
金色的夕阳令人沉迷，
你的温柔令人陶醉。
缝隙间，我找寻暮色。
记忆里，却满是苦涩。
夜里水的倒影，
你可分得清这真假的浮沉？

月色总是洁净而温柔，
不曾有只言片语，
却能为你带去问候。
树枝上冰花聚了又散，结了又融
春日的阳光会化去积雪的氤氲，
我们能否相聚在鸣蜩？

邓碧浪

萤火虫

我在宇宙星系折了
一千个写满相思的纸鹤
让它们落入凡尘
化作一只只漫天飞舞的萤火虫
一闪一闪的萤火光
带去我在另一个星系与你相伴的向往
温暖、柔情、明亮
如果可以
我多想在爱因斯坦的
相对论中推论出在宇宙遇见你
需要多漫长的流浪
如果可测
我多想在牛顿的
万有引力定律中计算出
在地球上爱你的重量
如果可求
我多想在麦克斯韦的
电磁场定理中增强你我间的引力
不再是90度到180度的距离
可是现在我只能在恒星
努力计算高能磷酸键断裂释放的能量

邓碧浪，内蒙古大学创业学院2017级英语专业学生。

你看，萤火虫闪烁的光
刚好能帮我把你送到梦乡
你听，萤火虫的歌唱
刚好能替我守护你到天亮
白天我放肆燃烧
只为散发强烈耀眼的光
我想让萤火虫满满存储
都是你微笑的模样
夜晚我让灵魂跟随它们飞翔
停靠在你肩膀
就不必害怕失去与你相守的愿望

确幸·盛夏之遇

像风筝向苍穹挣脱了线的力量
一瞬间的执念可以永恒多久？
一层层的尘埃
仓皇地做着各样安排　而我
却不愿像斜阳般低头　把
左手边的位置留给单薄的青春
转身即冢
喜欢你像极了白月光下那杯奶茶的样子　有
恰到好处的温度
喜欢你像一本精选的诗集　满载
柔的恬雅的气息
这样的你好像只有在梦里窥探过
没有靠近你的预感　却
意图蕴藏你留下的痕迹

很多勇敢的话　那天我全说了
因为你
我喜欢上那种没有秩序的幻变　不甘
躲在自己的三寸天堂
唐突地走近你
我猜肯定也惊了时光

解娟娟

夏景

夏日里的夜格外温柔
星空也被希望点缀
绿草地上弥漫着惬意的滋味
萤火虫也在寻找光亮
数不清夜空中的星星
只知道那是我未完成的梦
欢声笑语回荡在我耳旁
蓦然回首，是孩子们在嬉戏
夏日的温度炙烤着我热烈的心
不忍让它消散
于是心中描绘着万千事物
落笔，皆是坦然

解娟娟，内蒙古大学创业学院2017级人力资源管理专业学生。

王宁

杏花微雨时

风，它不听话，
卷起衣袖，便把春拨弄，
霎时，
云卷云舒，枝丫俏动。
四月，
风在耳语，流云漫天，
杏语缠绵，诉说思愁，
一场雨，浇醒了所有不安，
缱绻无边，春光旖旎，
恰是一树杏花微微开。
四月，
少年梦起，踏足远行，
青山不远，春华正茂，
杏花微雨时，
等来一场时间的洗礼。
长空云影过，万物映春光，
我等在星河流淌的四月，
与你遥遥对望。

王宁，内蒙古大学马克思主义学院2019级马克思主义理论专业学生。

王舒宛

悦春，悦寒冷

是什么地方呢？这么暖了，
却还微微透着些凉。
料峭的暄风，温煦的暄风？
呜咽是你心恸的声音，
令人记起了很多事情。
为什么我不戛然而止呢？
风物多少与我相逼。
走吧，但愿你云开见日，
霾都散掉，薄明都闪耀。

王舒宛，内蒙古大学创业学院2018级新闻学专业学生。

郝晓敏

异乡人

一半是青城，一半是古陶。
一半是期待向往，一半是缱绻留恋。
一半容不下梦想，一半装不下灵魂。
故乡，在一次次的驻足回眸处，
被狠狠锁进，日渐浑浊的目光里，
远方，在一幕幕的心之所向处，
似水流年，填满了日渐空虚的心，
故乡说，不知道你何时会回来，
带着所有荣耀和委屈，
远方说，异乡的人儿
此心深处是你乡，既来之则安之，
生活就在远方与故乡中缱绻悠悠，
我在异乡等你，也等风来。
你在故乡又在等谁？

星河璀璨

抬头仰望繁星渺小，
却如浩渺波涛，
星星和月亮一起闪耀，
驱散孤独和寂寥，
刹那间，
转向少年迷人的脸，

郝晓敏，内蒙古大学文学与新闻传播学院 2019 级汉语国际教育专业学生。

星河烂漫都不如你微笑，
亲爱的请给我一个温暖拥抱，
让我沉醉其中，认真思考，
何为寂寥？
何为烦恼？
星星笑道：我不知道。
它只哼着古老的歌谣，
为受伤的孩子驱散苦恼，
疲惫的人停止奔跑，
世间如这般美好。

任雅峰

梦的祝福

大人的枕头上
蜷伏着
各色各样的梦
光怪陆离、莫名其妙

一摞摞账单
那是鲜红的、
密密麻麻的数字
张牙舞爪，扼住了
谁的脖颈

一页页日历
它不停地、
机械地翻阅时间
毫不留情，被踩在
谁的脚下

一次次妥协
这无力的、
脆弱的你自己
毫无征兆，正老去
谁的灵魂

任雅峰，内蒙古大学文学与新闻传播学院 2019 级汉语言文学专业学生。

怪云朵太过柔软？
怪沉溺大过本能？
听！
——快些醒来！
快去奔赴远方！

漆色的黑洞
张扬着漩涡
听！
——不要回答！
不要再跌下！

他们站在海面上互相搀扶
他们心照不宣以为所谓：
原来
只有小孩子
才会倒头就睡

大人不懂小孩儿
就像孩子一样
不是所有的小孩子
都能倒头就睡

由来已久
早已不知

是谁

织了一张纯白色的网
把孩提时代禁锢在病床
又是谁
打碎了一面圆镜
将孩子们扎得遍体鳞伤
是谁
催促他们迅速成长
把白纸涂抹得全不像样
又是谁
不懂得以身为榜
令恶意全然代替希望

原来
孩子们
也逃不过
——梦的祝福

杨永康

三月花开

匿迹于江畔旷野
与那寡欲草甸邻居
翩翩蝶舞　何其优雅
你生而璀璨　瓣瓣金灿
娇艳唯此一朵　却是
足以点亮三月瑰丽

你是人间绝色
蓦然绽放　天地为之黯淡
我喜欢你的神采
喜欢你的三月花开
宁可我神伤　不愿你憔悴
所谓魅力和沦陷
何其光荣的无法自拔

就是生而为你
为你痴迷为你独醉
你就是这样的一朵三月花
无可比拟　无与伦比
美丽没有尽头
最后的忧伤　有我
请允许我为你承受

杨永康，内蒙古大学创业学院 2019 级汉语言文学专业学生。

白梅

遇见

又到夏天，
又是河边，
一颦一笑我们遇见。

你走向前，
翻开如诗画卷，
一点一滴有如爱恋。

清朗恬淡，
把酒言欢，
一歌一唱万水千山。

诗意绵绵，
滑落指尖，
一纸一笺镌刻一缕思念。

白梅，内蒙古大学文学与新闻传播学院2003级汉语言文学专业学生。

王欣

错

即使这般多余
我也还念念不忘

秋意微凉的夜晚
依旧未显得独出心裁
删删减减的辞藻
却终究浅薄
诗意未达无妨
心意未知才是常态

天有点冷
而你让时间过得很快
你终于成了人海中
我遗失的那一块

是我的爱错了吗
不禁自问
我是否还可以再从昨天走来
带着可爱

王欣，内蒙古大学创业学院2016级新闻学专业学生。

丁俊杰

火车上见乌云中圣光有感

我喜欢乌云中迸射的阳光
恰如勇士绝地殊死的一击
威势碾压出灵魂的深度
黑暗中迸射着勇气的光芒

看！是谁举起金色的宝剑
听！天地间充盈一声呐喊
困兽之斗并不可耻
以卵击石也无可悲

任凭黑暗将我吞噬
我将用尽全身的气力
死后的世界或许美丽
我却要紧握住今生的宝剑

不要嘲笑我愚顽的覆灭
也无须怜悯我无欢的余生
至少我的鲜血染红黑暗
给凝视之人以片刻的遐想

倒要检视你那颤抖的灵魂
尚可拔出锋芒的宝剑？

丁俊杰，内蒙古大学哲学学院2019级哲学专业学生。

或者你与乌云一同愤怒
带着被摧毁与摧毁的疯狂

但你若见过云上的太阳
请与我一同抽出封存的宝剑
因为至高者永恒的光芒
将与你一同刺穿无尽的黑暗

你会等到峰回路转的那天
请记得在我的墓碑写下诗句
我喜欢乌云中迸射的阳光
恰如勇士绝地殊死的一击

靳普惠

秋思

落红翻飞圈出悲伤
秋草萋萋缀染昏黄
湖畔诗人捡起时光
写下几行树的回响
自古人言自由向往
今而甘愿枷锁无妄
是否纯粹已成诞荒
我却道是抽芽成长

雨后

人儿慢慢走着
蜗牛快快爬着
偶然相遇
“哦，你也被碧空吸引了嘛”

你问

你是否也想一跃而下
像鸟儿般飞向天涯
那个年少藏在墙角的孩子
长大后孤独没有家
你是否一个人太久
不懂得如何插花

靳普惠，内蒙古大学历史与旅游文化学院 2017 级文史哲基地学生。

家中唯一的软沙发
留给了心中的 Ta
可你是否想过
一跃而下可以解脱却像傻瓜
做鸟儿有万千种方法　我们来聊聊啊
敏感懂事的孩子啊
你只是不懂如何表达
孤独是常态
每个人都有啊
有事无聊来个电话　或者写写画画
慢慢接纳爱自己
我们就在这里啊

刘冰睿

深秋孤独

风景很多
却差异无几——
只不过有　被风吹过的深秋
泛着粼粼波光的湖水
被太阳照耀的青荇
悠悠的柳叶飞泛着金光
而绿荫小径上散落的过客
彳亍在梦乡的幻想里

有时候　生活就是诗
而孤独也是
全世界都是风光无限
唯独少了一处身影的
旖旎　孤独是好
在热闹的人群里
独享秋的寂寥
秋的宁静

低下头　孤独是独舞的树叶
奏响整个深秋的疏落
整个心灵的冷清
抬起头　孤独是寥廓的天空

刘冰睿，内蒙古大学经济管理学院 2018 级金融学专业学生。

看尽世界分分合合
缘起缘灭不过是秋风一扫
落叶铺满大地
仿佛　麦子脸上金黄的烙印

空中飞鸟多好
却终将回归巢穴
满地金黄多好
却终将回归贫瘠
就好像　从来没有
永恒的欢聚　永恒的孤寂

相聚是金黄　别离
却是雪白
我在平静的湖面上
相守着泛黄的记忆
最终走向泛白的冬季
每个人却是如此
从懵懂无知到轻车熟路
才会知道孤独
只不过是湖下的倒影

你坐拥湖水　却失去了
记忆的倩影
或许　只有拥有才觉得会
理所应当的快乐
多了一份孤独
不会得到　也不会失去

这清澈的蓝天　清澈的湖水
清澈的心灵　走在秋风的
前面　孤独也如秋风
雕刻着萧瑟的外衣
却迈向金黄的风光
金黄的回忆

落叶并不孤独
只是深秋——
多了一份孤独的寂静

郭祺

有冬

有冬这一天
想起了雪
冷风来
刺痛脸颊
远远小小的太阳
只有一点点红
靠着这小了许多的太阳
度过了一个又一个无你的冬
这冬真冷
像夏一样活得热烈
不惜一切的精彩
呼啸着青春
让人突然也来了兴致
想要燃尽自己
疯狂地　热烈地　精彩地　活着
即使冬是冷的
即使雪是冰的
即使寒风是烈的
我也愿意跨过春夏秋去拥抱它
认真地爱它

郭祺，内蒙古大学创业学院 2019 级汉语言文学专业学生。

何岩

那个武汉那个鄂

武汉　还有鄂
多么美的名字呵
遍山的艳樱　蹁跹的黄鹤
还有名扬中外的汉界楚河
熙熙攘攘　逍遥快乐

可是在那一夜里　一切似乎被悄然定格
人头不再攒动　江汉唯有静舸
为什么？是什么？
是新型病毒的到来　让华中黯然失色
人人谈冠色变　仿佛世界将疴
大家闭门谢客　终日惶恐瑟瑟

可是终有一群人呵
是危难中的逆行者
他们来自全国各地　不畏艰难　竭忠献策
争分夺秒　宁可自己辛苦逼仄
也不愿看到病人在睡梦中痛苦地唵吃
他们让世界记住　那抹白　是天使的颜色

勠力同心　我们也毫不逊色
尽己所能　践己所可

何岩，内蒙古大学生命科学学院 2017 级生科基地学生。

为抗疫救援奉出自己的光与热
捐财献物　出谋划策
一线的战士还不肯退下　我们又有何理由轻言后撤？
全国人民　众志成城　同心共胆
我相信　我们一定会守护好这片大好河山！

九省通衢之地　终有大爱如歌！
不论经历过什么
当春天到来时　珞珈山的樱花呵
依然会开得满园灿烂
那时　卖热干面的老板会重新支起牌匾招呼着
水上会多更多驶着的船舸
江畔会多更多起舞的白鸽
那个武汉那个鄂
还是如常的烟火色！

魏永刚

不凡的人间

不凡的人间
这是个不平凡的春天
一个可怕的梦魇
诞生在黎明之前
它似野火，席卷草原
又似洪水，侵吞万顷良田
可人间，早已不是那个软弱的人间
我们的英雄和守护神一直都在身边
他们白衣翩翩
用知识和药剂做刀剑
驻守四海比金汤更坚
那人间，亦不是那个分裂动荡的人间
我们的背后
是社会主义的铁拳
它带领我们一次次共克时艰
是后勤的保障，也是前线的驰援
这人间，更不是那个荒芜的人间
烈火后会生出更青的草原
洪水后会诞生更肥沃的良田
这是坚强的人间
这是团结的人间

魏永刚，内蒙古大学生命科学学院2017级园艺专业学生。

这更是孕育了无限生机的人间
且看这区区的新冠肺炎
如何奈何我们这强盛的人间

武佳宁

双九

月亮在薄蓝中出现，
天空之灯点亮。
左边，
太阳跳上天幕，
渐渐接近月儿。
日月光辉交映，
清冷月光与热烈暖意融合。

日月两神现，
空气一滞，
狂风大作。
冷暖两色拉扯交融，
盘旋而合一。
天空混沌，黑色中暗流涌动。
大地震撼摇动破碎，
似一块跌落的拼图。

水出现了。
天上落来，
淅沥噼啦扑通通，
淹没地面世界。
世界从窒息中探头呼吸时，

武佳宁，内蒙古大学文学与新闻传播学院 2019 级汉语言文学专业学生。

一切重生。

鱼鹰产卵，人类初生。
婴孩眼角落泪，
土地长出嫩芽。
世界是新的了。

日月逢九相遇，
双九化一，
一生无穷，
无穷则万物新生，
这便是重阳。

王玄烨

给杨狗的诗

不知谁打翻水杯
洒出一地月光
我与狗子坐在屋顶
等待朝阳
我说　爱情这东西如雪
幻灭又充满希望
狗打开皮包　换上了准备好的太阳
二月二　我与狗子坐在屋顶
等待夕阳

王玄烨，内蒙古大学交通学院 2020 级交通运输专业学生。

赵志强

梦

大年夜
我们游荡在街上
空旷、雪后
在游戏厅玩过
古老的游戏
有人走着走着
睡着了
就被架着
继续走
穿过一条寒冷
的巷子
我冻得手脚冰凉
巷子尽头的街上
有火光
奔去
围着火堆取暖
永不天亮的夜晚
我们游荡
游荡
游荡

赵志强，内蒙古大学文学与新闻传播学院2013级汉语言文学专业学生。

李睿思

乘风

他们断言这是东风
我沉默
东风来自哪里
我懂

我的山乡
我的水乡
我的家乡
我的梦乡

东风从那里来
到广阔的土地去
我们散落天涯
终又乘风归家

我见你是胡杨
我听你是黄沙
我闻你是草原
我想你是丁香花

你的日升日落
你的云卷云舒

李睿思，内蒙古大学文学与新闻传播学院 2020 级汉语言文学专业学生。

你怀抱中的每一寸土地
都连接着我的心脏

我的脉搏跳动在草根下
我的血液流淌在河湾中
我的眼眶
永远嵌着你赠予的泪光

王稼颖

暗恋

路灯烤化了黑夜
墨色的汁液滴落成他的影子
我想把星星揉碎
悄悄洒在他的肩头
我想挤一点月亮的汁液出来
偷偷染亮他的发梢
我还想扯一朵白天的云
捏成胸针别在他衬衫的领上

来不及等到白天了
他和墨色的浓稠的影子一起转身
星星的碎片散落一地
月亮的汁液被风吹干

不是
不是这样的
我逃也似的离开
脚踩在星星的碎片上
像极了每个梦醒的清晨

王稼颖，内蒙古大学文学与新闻传播学院2020级汉语言文学专业学生。

李佳忆

夏夜·高三

有人的试卷溅了老师的唾沫
主人却在走神
有人把耳机藏进头发
在狭窄中
窥探荧屏下
广阔灿烂的生活
我强撑着干涩的眼皮
也无法阻止笔记越来越抽象
除了讲题声
只剩寂静回荡在教室
灯管把墙映得惨白而斑驳
那是残留的聚乙烯醇
我不知道它
见证过多少
多少气壮山河
我只知道
此刻
它为我而存在
灯光从窗中挣脱
消失在茫茫的夜
就像我们
热忱　勇敢

李佳忆，内蒙古大学文学与新闻传播学院2020级汉语言文学专业学生。

不顾一切地追寻
却也只能是
泯然众人
汽笛声闯进教室
在烟尘中呼啸而过的
是母亲的思念

张琦琦

立冬

他从飘零的落叶中走来
从日渐缩短的白昼中走来
从日渐猖狂的北风中走来
代表着又一个冬天的到来

我依旧记得
春日时的惶恐
夏日时的激昂
秋日时的再一次出发

二月的全民抗疫
七月的青春无悔
九月的全新旅程
和如今十一月的回首

这一年，我经历了很多
也学到了很多
可时间不会停留
这一年终将过去
又是立冬
又是一段路途

张琦琦，内蒙古大学文学与新闻传播学院2020级汉语言文学专业学生。

陈亚宁

日出

那时
天空像是墨色的帷幕
闪烁的孤星诉说着最后的坚持
但还是败下阵来

终于
黎明咬破夜的唇
将那抹血迹留于天际

而后
天空像是偌大的宣纸
把鲜血迅速氤氲开来
由星星点点化为绯红一线
从绯红一线变为淡红一片

此刻
天空像是要出嫁的少女
褪去了素色的银灰纱衣
换上了亮丽的大红嫁衣
被夫君掀掉盖头的一刹
金黄的凤冕在红烛的映射下
照亮了眼前人的世界

陈亚宁，内蒙古大学文学与新闻传播学院2020级汉语言文学专业学生。

白子涵

黄昏

从柴火堆里迸溅出来
一缕灰白色的炊烟
小米粥热气氤氲
在斑驳如图腾的屋顶

老房子隔着烟看我
烟里抖动着
母亲灰白色的头巾

呼唤
呼唤
穿过烟囱
长长短短

在黄土高原赤裸的脊梁上
一不小心
就飘荡了几千年

白子涵，内蒙古大学文学与新闻传播学院2020级汉语言文学专业学生。

吕佳雪

霸王

举兵起义是你的大义凛然
锦绣江山是你的锋芒所向
破釜沉舟是你的所向披靡
霸王别姬是你的铁血柔情
楚虽三户，亡秦必楚
怒杀秦王，火烧阿房
四面楚歌，锦衣夜行，难逃乡愁
乌江自刎，生为豪杰，死为鬼雄
一生传奇，一曲绝唱
只有风老了春花秋月
只有你瘦了眉间心上
你是泼墨画上的留白
是我诉说不完的惆怅

吕佳雪，内蒙古大学文学与新闻传播学院 2017 级汉语言文学专业学生。

姜玉峰

夜遇

我独自走在这路上，心冰凉。
我独自走在这路上，月如钩。
我独自走在这路上，人如玉。

你独自走在那路上，心冰凉。
你独自走在那路上，星如幕。
你独自走在那路上，人如水。

不知名的缘分，天知道的地点，无目的前行。

我朝你靠拢，你向我接近。默默地前行，默默地前行。
我遇见了你，你看见了我。
这是我们第一次的相遇。

不经意的对视，那淡淡的忧伤，悄然，入了心房。
擦肩而过，蓦然回首，自此相识。

姜玉峰，内蒙古大学文学与新闻传播学院 2020 级汉语言文学专业学生。

郭涛

游梦

天空的云烟里住着轻笑的美人，
她的容颜梦幻忧伤。
教人们在不可知的地方，
织出天空的一片霞光。

夕阳寂灭于苍茫的天空，
慢慢走入渊深的水面。
深思随水波远流，
缓缓浸入冰冷的深海。

星光与月光忽被送来，
唤醒新世界人类的灵魂。
原是我将天空的浪燃尽，
做了一个梦里的灵魂。

郭涛，内蒙古大学文学与新闻传播学院2020级汉语言文学专业学生。

高佳馨

不曾说的话

风说：有什么呼唤着，你听到了吗
你说：是窗前的丁香，在烈日中燃烧着芬芳
那年的丁香实在耀眼
和女孩身上的香皂味组成了夏天
穿过走廊，穿过远山
不由分说地冲到你的鼻尖
就有了一个好孤独的人在心里唱歌
含蓄又落寞
就像你从未说出口的遗憾与承诺
而今远隔烟火
两处月照，一种相思
突然想起一个名字，不知为何
于是便如云烟过
思念却如山火灼灼
手心接住雨滴
此时风过，风过心中芳草萋萋

高佳馨，内蒙古大学文学与新闻传播学院 2020 级汉语言文学专业学生。

甘萨茹拉

思念远方的您

我独自徘徊在校园街道
一半暮色一半街灯
闪闪的路灯把我的影子照得通亮
我有些悲伤
那种说不出的悲伤
也许只有路边的大树才会懂得吧
我走到树下
找个地方坐了下来
影子悄然离开了
在这个寂静的夜里
唯独剩下幽静环境中的我
独自一人
我望着阴沉的天空
几架飞机纵横交错
勾勒出您那慈祥的笑颜
眼前反复涌现出您的身影
耳畔不停萦绕着您的话语
我哭了
哭得那么深沉
再起身向月亮望去
今夜本无月
我的月亮就此不辞而别

甘萨茹拉，内蒙古大学文学与新闻传播学院2020级汉语言文学专业学生。

张汉兴

中文系女儿（组诗）

憧憬

中文系女儿
未曾长大
渴望爱情，又惧怕婚姻
只有绒绒，小小的花
怯怯地，开在心底

探索

中文系女儿
彳亍在夜里
没有开头，又没有结尾
童话天鹅堡里
烁着小小、荧荧的光

梦魇

中文系女儿
跌进城里
羽毛的身体
操持负累

张汉兴，内蒙古大学文学与新闻传播学院 2015 级汉语言文学专业学生。

婴儿是小魔鬼
唔，密密汗水

向往

中文系女儿
带着鹅黄的希冀
海上的风琴
撩拨
绵绵深情

刘思麟

过去的故事

升腾着乌鸦的远方
吹不响牧人晚归的笛哨
且歌且行的草原
无数死去的国王
灵魂滚烫

流感

我的肺吸入太多星空的尘霾
它想把发光的心脏咳出体外

白马引力

万有引力无法欺骗没有棱角的人
汽车 颠簸
故事在酝酿一场眩晕
让我不能咬牙切齿地爱上
面朝西方的白马

刘思麟，内蒙古大学文学与新闻传播学院2020级现当代文学专业研究生。

后　记

本书是内蒙古大学文学与新闻传播学院文学育人创新实践教学的重要成果之一，辑录了近些年来教学相长所创作的优秀作品，健康质朴，文气斐然。

本书辑当的作品大部分是内蒙古大学各院系专业的师生在各类课堂和实践活动中所创作的，真正践行了文学育人要如春风化雨的主旨。

我们践行的汇编原则宽泛，体例不限，内容丰富。只要关注生活、关爱生命，有追求有热忱，有探寻有思考，表达自然鲜活、生动有趣，诗意昂扬、诗情充沛，即可参与辑录。

本书由师坛流韵、桃李芬芳（旧体诗）、桃李芬芳（现代诗）三部分组成，以便横向、纵向比较出特色和水准，更好地相互鉴赏、切磋、学习。尤其学生作品部分作了体例上的划分，为旧体诗、现代诗两部分，方便阅读，可给读者带来不同感受和启发。

本书的汇编得到了老师和同学们的热烈响应与有力支持，收到的稿件数量远远超过预期。老师提携学生，学生力荐老师，一时应接不暇。为争上版机会，老师们甘愿让出篇幅给学生们，文化育人可谓时时处处，令人惊喜。

本书的汇编得到了学院领导的关注和支持，专门组织了评审团，以保证本书的质量。

本次汇编工作参与者众，特别是2018级汉语言文学专业张广鑫同学全程参与了各个环节，用心且能力出众。

心血结晶，如愿付梓，既感慨园丁之辛勤、感喟园圃之苦劳，又喜悦耕耘之收获、桃李之芬芳！愿文学育人深入人心，诗与远方常在路上！

感谢各方支持，开头不易，不足之处还望见谅，盼后续更加精进。

张浩兰

2021 年 11 月 17 日